中印经典和当代作品
互译出版项目
CHINA-INDIA TRANSLATION PROJECT

烟

古勒扎尔作品选

"Dhuan"and Other Selected Works of Gulzar

【印】古勒扎尔◎著
张亚冰　李宝龙◎译

中国大百科全书出版社

图字：01-2019-7820

图书在版编目（CIP）数据

烟：古勒扎尔作品选 /（印）古勒扎尔著；张亚冰，李宝龙译. — 北京：中国大百科全书出版社，2020.1
（中印经典和当代作品互译）
ISBN 978-7-5202-0675-4

I. ①烟⋯ II. ①古⋯ ②张⋯ ③李⋯ III. ①诗集—印度—现代②短篇小说—小说集—印度—现代 IV. ①I351.15

中国版本图书馆CIP数据核字（2019）第287629号

审　　校　黎跃进
责任编辑　姚　萱
封面设计　许润泽　叶少勇
责任印制　常晓迪
出版发行　中国大百科全书出版社
地　　址　北京阜成门北大街17号　　**邮政编码**　100037
电　　话　010-88390636
网　　址　http://www.ecph.com.cn
印　　刷　小森印刷（北京）有限公司
开　　本　710 毫米 × 1000 毫米　1/16
印　　张　12
字　　数　122千字
印　　次　2020 年 1 月第 1 版　2020 年 1 月第 1 次印刷
书　　号　ISBN 978-7-5202-0675-4
定　　价　49.00 元

中印经典和当代作品互译出版项目
中方专家组

总序：印度经典的汉译

一、概念界定

何谓经典？经，“织也”，本义为织物的纵线，与“纬”相对，后被引申为典范之作。典，在甲骨文中上面是“册”字，下面是“大”字，本义为重要的文献，例如传说中五帝留下的文献即为“五典”[①]。《尔雅·释言》中有“典，经也”一说，可见早在战国到西汉初，“经”“典”二字已经成为近义词，“经典”也被用作一个双音节词。

先秦诸子的著作中有不少以“经”为名，例如《老子》中有《道经》和《德经》，故也名为《道德经》，《墨子》中亦有《墨经》。汉罢黜百家之后，“经”或者“经典”日益成为儒家权威著作的代称。例如《白虎通》有“五经何谓？谓《易》《尚书》《诗》《礼》《春秋》也”一说，《汉书·孙宝传》有“周公上圣，召公大贤。尚犹有不相说，著于经典，两不相损”一说。然而，由印度传来的佛教打破了儒家对这一术语的垄断。自汉译《四十二章经》以来，“经”便逐

① “典，五帝之书也。”——《说文》

渐成为梵语词 sutra 的标准对应汉译，“经典”也被用以翻译“佛法”（dharma）[①]。随着佛教在中国的传播和发展，类似以“经典”指称佛教权威著作的说法也多了起来。[②] 到了近代，随着西学的传入，“经典”不再局限于儒释道三教，而是用以泛指权威、影响力持久的著作。

来自印度的佛教虽然影响了汉语“经典”一词的语义沿革，但这又可以反过来帮助界定何为印度经典。汉译佛经具体作品的名称多以 sutra 对应“经”，但在一般表述中，“佛经”往往也囊括经、律（vinaya）、论（abhidharma）三藏。例如法显译《摩诃僧祇律》（*Mahasanghika-vinaya*）、玄奘译《瑜伽师地论》（*Yogacarabhumi-sastra*），均被收录在“大藏经”之中，其工作也统称为“译经”。来华译经的西域及印度学者多为佛教徒，故多以佛教典籍为“经典”。不过也有一些非佛教徒印度学者将非佛教著作翻译为汉语，亦多冠以“经”之名，其中不乏相对世俗、与具体宗教义理不太相关的作品，例如《婆罗门天文经》《婆罗门算经》《啰嚩拏说救疗小儿疾病经》（*Ravankumaratantra*）等。如此，仅就译名对应来说，古代汉语所说的“经典”可与 sutra, vinaya, abhidharma, sastra, tantra 等梵语词对应，这也基本囊括了印度古代大多数经典之作。

然而，古代中印文化交流也有一定的局限性，若以现在对经典的理解以及对印度了解的实际情况来看，吠陀、梵书、森林书、奥义书、往世书等古代宗教文献，两大史诗、古典梵语文学著作等文学作品，以及与语法、天文、法律、政治、艺术等相关的专门论著都是印度经典不可或缺的部分。从语言来看，除梵语外，巴利语、波罗克利特语、阿波布朗舍语等古代语言，伯勒杰语、阿沃提语等中世纪语言，印地语、孟加拉语、乌尔都语等现代语言，以及殖民时期被引入印度并在印度生根发芽的英语都在不同的历史时期承载了印度经典的传承。

---

① “又睹诸佛，圣主师子，演说经典，微妙第一。”——《妙法莲华经》卷一《序品》（T09, no. 262, c18-19）

② “佛涅槃后，世界空虚，惟是经典，与众生俱。”——白居易《苏州重玄寺法华院石壁经碑》

二、古代中国对印度经典的汉译

经典翻译，是将他者文明的经典之作译为自己的语言，以资了解、学习，乃至融合、吸纳。这一文化行为首先需要一个作为不同于自己的“他者”客体具有足以令主体倾慕的经典之作，然后需要主体“有意识”地开展翻译工作。印度文明在宗教、哲学、医学、天文等方面的经典之作具有较高的知识水平，在不同时代对中国社会各阶层产生了独特的吸引力。中印文明很早就有了互通记录，有着甚深渊源，在商品贸易、神话传说、天文历法等方面已有学者尝试考证。[①] 随着张骞出使西域，佛教传法僧远来东土，中印之间逐渐建立起“自觉”的往来，古代中国对印度经典的汉译也在汉代以佛经翻译的形式得以展开。

1. 佛教经典汉译

毫无争议，自已佚的《浮屠经》[②] 以来，佛教经典汉译在古代中国对印度经典的翻译中占有主流地位。译经人既有佛教僧人，也有在家居士，既有本土学者，也有西域、印度的传法僧人。仅以《大唐开元释教录》以及《贞元新定释教目录》的统计为例，从东汉永平十年至唐贞元十六年，这 734 年间，先后有 185 名重要的译师翻译了佛经 2 412 部 7 352 卷（见表 1），成为人类历史上少有的翻译壮举。

---

① 季羡林:《中印文化交流史》（北京：新华出版社，1993 年）及薛克翘:《中国印度文化交流史》（北京：昆仑出版社，2008 年）中部分内容均介绍了相关观点。

② 学术界关于第一部汉译佛经的认定，历来观点不一。不少学者认为,《四十二章经》是第一部汉译佛经；但有学者经过考证发现，西汉哀帝元寿元年（公元前 2 年）大月氏使臣伊存口授的《浮屠经》应该是第一部，可惜原本失佚，后世知之甚少。目前，学术界基本倾向于认为《浮屠经》为第一部汉译佛经，并已意识到《浮屠经》在中国佛教史及学术史上的重要地位。参见方广錩:《〈浮屠经〉考》,《法音》，1998 年第 6 期。

表1　东汉至唐代汉译佛经规模[1]

朝代	年代	历时	重要译师人数	部数	卷数
东汉	永平十年至延康元年	154年	12	292	395
魏	黄初元年至咸熙二年	46年	5	12	18
吴	黄武元年至天纪四年	59年	5	189	417
西晋	泰始元年至建兴四年	52年	12	333	590
东晋	建武元年至元熙二年	104年	16	168	468
前秦	皇始元年至太初九年	45年	6	15	197
后秦	白雀元年至永和三年	34年	5	94	624
西秦	建义元年至永弘四年	47年	1	56	110
前凉	永宁元年至咸安六年	76年	1	4	6
北凉	永安元年至承和七年	39年	9	82	311
南朝宋	永初元年至升明三年	60年	22	465	717
南齐	建元元年至中兴二年	24年	7	12	33
南朝梁	天监元年至太平二年	56年	8	46	201
北朝魏	皇始元年至东魏武定八年	155年	12	83	274
北齐	天保元年至承光元年	28年	2	8	52
北周	闵帝元年至大定元年	25年	4	14	29
南朝陈	永定元年至祯明三年	33年	3	40	133
隋	开皇元年至义宁二年	38年	9	64	301
唐[2]	武德元年至贞元十六年	183年	46	435	2 476

自东汉以后的约6个世纪中，大量佛教经典被译为汉语，其历程与佛教在中国的传播历程基本同步。在这一过程中，涌现出许多重要译师，仅译经50部或100卷以上的译师就有16人（见表2），其中又以鸠摩罗什、真谛、玄奘、义净、不空做出的贡献最为卓越，故此他们被称为“汉传佛教五大译师”。他们的生平事迹和具体贡献在许多佛教典籍中均有叙述，此不赘述。

① 本表主要依据《大唐开元释教录》整理而成，其中唐代的数据引用的是《贞元新定释教目录》。

② 唐代数据至德宗贞元十六年（800）为止，并不完整。但考虑到贞元年后，大规模译经基本停止，故此数据亦有相当高的参考价值，至贞元十六年，唐代已经译经435部2 476卷，足以确立其在中国译经史上的地位。

表 2　译经 50 部或 100 卷以上的译师

时代	朝代	人名	译经部数	译经卷数
三国西晋	吴	支谦	88	118
	西晋	竺法护	175	354
东晋十六国	东晋	竺昙无兰	61	63
		瞿昙僧伽提婆	5	118
		佛陀跋陀罗	13	125
	北凉	昙无谶	19	131
	后秦	鸠摩罗什	74	384
南北朝	宋	求那跋陀罗	52	134
	陈	真谛	38	118
	北魏	菩提留支	30	101
隋唐	隋	阇那崛多	39	192
	唐	玄奘	76	1 347
		实叉难陀	19	107
		义净	68	239
		菩提流志	53	110
		不空	111	143

自唐德宗之后，译经事业由于政局等多方面因素影响而受阻，此后又经历了唐武宗和后周世宗两次灭佛，佛教在中国的发展受到冲击。直到 982 年，随着天竺僧人天灾息和施护的到访，北宋朝廷才重开译经院，此时距唐德宗年间已有约两百年，天灾息等僧人不得不借助朝廷的力量重新召集各地梵学僧，培养本土翻译人才。在此后的约半个世纪中，他们总计译出五百余卷佛经。此后，汉地虽有零星译经，却再也不复早年盛况，古代中国对印度经典的汉译逐渐落下帷幕。

2. 非佛教经典汉译

佛教经典汉译占据了古代中国对古代印度经典汉译的主流，除此之外，其他一些印度经典也被译为汉语。这些文献大致可以分为两类：一类是在翻译佛教经典的过程中无意之中被译为汉语的，尤其是佛教文献中所穿插的印度民间故事等。[①] 一类是在翻译佛教经典之外，有意翻译的非佛教经典，例如婆罗门教哲学、天文学、医学著作等，尽管数量无法与佛教经典相提并论，但这些非佛教经典的翻译在一定程度上体现了古代中华文明对古代印度文明的关注开始逐渐由佛教辐射到印度文明的其他领域，不过从译者的宗教信仰以及对经典的选择来看，这类汉译大部分是佛教经典翻译的附属产品。

3. 其他哲学经典汉译

佛教自产生以来，与印度其他思潮之间既有争论，也有共通之处。因而在佛教经典的汉译过程中，中国人也逐渐接触到古代印度的其他哲学。有关这些哲学派别的基本介绍散见于包括佛经、梵语工具书、僧人传记的作品中，例如《百论疏》对吠陀、吠陀支、数论、胜论、瑜伽论，甚至与论释天文、地理、算术、兵法、音乐法、医法的各种学派相关的记载、注释和批判也可以在这些作品中找到。[②] 很有可能出于佛教对数论派和胜论派知识的尊重，以及辨析外道与佛法差别的需要等原因，真谛和玄奘才分别译出了数论派的《金七十论》和胜论派的《胜宗十句义论》。[③] 这两部经典的汉译在一定程度上拓宽了中国知识界对印度哲学的视野，但其翻译在很大程度上受到了佛教对其他哲学派别好恶的影响，依然是在佛教经典汉译的主导思路下完成的。

4. 非哲学经典汉译

除宗教哲学经典外，古代印度的天文学、数学、医学在人类科

① 新文化运动以来，这一领域已有多部论著问世，此不赘述。

② 宫静：《谈汉文佛经中的印度哲学史料——兼谈印度哲学对中国思想的影响》，《南亚研究》，1985 年第 4 期，第 52~59 页。

③《金七十论》译自数论派的主要经典《数论颂》（*Samkhya-karika*），相传为三四世纪自在黑（Isvarakrsna）所作。《胜宗十句义论》的梵文原本已佚，从内容看属于胜论派较早的经典著作。参见黄心川：《印度数论哲学述评——汉译〈金七十论〉与梵文〈数论颂〉对比研究》，《南亚研究》，1983 年第 3 期，第 1~11 页。

学史上也具有重要地位，其中一些著作也被译为汉语。古代印度天文学经典多以佛教经典的形式由传法僧译出。[①] 隋唐时期，天文学著作汉译逐渐出现了由非佛教徒印度天文学家主导的潮流。据《隋书》记载，印度天文著作有《婆罗门天文经》《婆罗门竭伽仙人天文说》《婆罗门天文》。[②] 瞿昙氏（Gautama）、迦叶氏（Kasyapa）和拘摩罗氏（Kumara）三个印度天文学家氏族曾先后任职于唐代天文机构太史阁，其中瞿昙氏的瞿昙悉达翻译了印度天文学经典 *Navagraha-siddhanta*，即《九执历》。[③] 此外，印度的医学、数学、艺术经典也因其实用价值通过不同渠道被介绍到中国，其中一些著作或部分或完整地被译为汉语。

5. 落幕与影响

中国古代的印度经典汉译在唐代达到巅峰，此后逐渐走向低谷，无论是数量还是质量都难以达到唐代的水平。造成这一现象的原因主要有两个方面：一方面，唐代中后期，阿拉伯帝国的崛起以及唐朝与吐蕃关系的恶化阻断了中印之间两条重要的陆路通道：西域道和吐蕃道，之后五代十国以及宋代时期，这两条通道均未能恢复，只有南海道保持畅通。[④] 另一方面，中国宗教哲学的发展和印度佛教的密教化这两种趋势决定了中国对印度佛教经典的需求逐渐下降。在近千年的历程中，佛教由一个依附于黄老信仰的外来宗教逐渐在汉地生根发芽，成为汉地宗教生活不可缺少的一部分，其作为“中国佛教”的独立性日益增强。甚至权威如玄奘，也不能将沿袭至那烂陀寺戒贤大师

---

① 例如安世高译《佛说摩邓女经》、支谦等译《摩登伽经》、竺法护译《舍头谏太子二十八宿经》等。

②《隋书·经籍志》，北京：中华书局，1982 年，第 1019 页。

③ 参见 P.C.Bagchi, *India and China: A Thousand Years of Cultural Relations*. 1981, Calcutta, Saraswat Library, p.212. 此后，依然有传法僧翻译佛教天文学著作的记载，具体参见郭书兰：《印度与东西方古国在天文学上的相互影响》，《南亚研究》，1990 年第 1 期，第 32~39 页。

④ 菩提迦耶出土的多件北宋时期前往印度朝圣的僧人所留下的碑铭证明，宋代依然有僧人前往印度朝圣，且人数不少。法国汉学家沙畹（E. Chavannes）、荷兰汉学家施古德（G. Schlegel）、印度学者师觉月（P. C. Bagchi）等国外学者在这方面均有讨论，具体参见周达甫：《改正法国汉家沙畹对印度出土汉文碑的误释》，《历史研究》，1957 年第 6 期，第 79~82 页。

的“五种姓说”完全嵌入汉地佛教的信仰之中。汉地“伪经”的层出不穷也从某种角度反映了佛教的中国本土化进程。不空等人在中国传播密教虽然形成了风靡一时的“唐密”，但未能持久。究其根本在于汉地佛教的发展受到本土儒家信仰的影响，很难与融合了婆罗门教信仰的佛教密宗契合。此外，本土儒家、道家也在吸纳佛教哲学的基础上有了新的变革。至宋代，三教合一的趋势逐渐显现，源自印度但已本土化的佛教与儒家、道家的融合进一步加深，致使对印度经典的诉求越来越少。由此，义理上的因素使得中国的知识分子不再追求印度佛教的哲学思想；再者，随着佛教在印度的衰落，以及中国佛教自身朝圣体系的建立和完善，前往印度朝圣也失去了意义。

古代中国对古代印度经典的汉译始于佛教，也终于佛教。尽管如此，古代中国对以佛教经典为主的古代印度经典汉译已经在中国历史上烙下了深刻的印记，其影响是持久和多方面的。在这一过程中，译师们开创的汉译传统给后人翻译印度经典留下了巨大财富：

其一，汉译古代印度经典除早期借助西域地方语言外，主要翻译对象都是梵语经典，本土学者和外来学者编写了不少梵汉工具书。其二,一套与古代印度宗教哲学术语对应的意译和音译相结合的汉译体系得以建立。由于佛教经典的流传，很多术语已经成为汉语的常用语，广为人知。其三，除术语对应外，梵语作品译为汉语需要克服语法结构、文学体裁等方面的限制，其实践在一定程度上影响了汉语的一些表达法。[①] 如此等等都为后人继续翻译印度经典提供了便利之处。

更为重要的是，历史上重要的译师摸索出一套大规模翻译经典的方式方法，他们的努力对于后继的翻译工作来说具有很高的参考价值。经过早期的翻译实践，鸠摩罗什译经时便开始确立了译、论、证几道基本程序，并辅之以梵本、胡本对勘和汉字训诂，经总勘方

---

① 例如汉语中常见的“所 + 动词”构成的被动句就可能源自对佛经的翻译。参见朱庆之《汉译佛典中的‘所 V’式被动句及其来源》（载《古汉语研究》，1995 年第 1 期，第 29~31、45 页）及其他相关著述。

定稿。在后秦朝廷的支持下，鸠摩罗什建立了大规模译场，改变了以往个人翻译的工作方式，配合翻译方法上的完善，大大提高了译经的效率和质量。唐代译场规模更大，翻译实践进一步细化，后世记载的翻译职司包括译主、证义、证文、度语、笔受、缀文、参译、刊定、润文、梵呗等十余种之多。

此外，先人还摸索出一套翻译人才的培养模式，隋代译师彦琮曾以“八备”总结了译师需具备的一系列条件，具体内容为：

> 一诚心受法，志在益人；二将践胜场，先牢戒足；三文诠三藏，义贯五乘；四傍涉文史，工缀典词，不过鲁拙；五襟抱平恕，器量虚融，不好专执，耽于道术，淡于名利，不欲高衔；六要识梵言；七不坠彼学；八博阅苍雅，粗谙篆隶，不昧此文。[①]

这八备之中，既有对译者宗教信仰、个人品行的要求，也有对梵语、汉语表达的语言技能以及对佛教义理的知识掌握等方面的要求，今天看来，依然有很大的借鉴意义。

三、近现代中国对印度经典的汉译

佛教在印度的衰落及消亡使中印失去了最为核心的交流主题。中国对印度经典的汉译停留在以梵语为主要媒介、以佛教经典为主要对象的时代，自 11 世纪末[②]至 20 世纪初，这一停滞状态持续了数个世纪之久。19 世纪中后期，印度士兵和商人随着欧洲殖民者的战舰再次来到中国，中印之间的交往以一种并不和谐的方式得以恢复。中印孱弱的国力和早已经深藏故纸堆的人文交往传统都不足以阻挡西方诸国强势的物质力量和文化力量，中印人文交往便在这新的格局中，借助西方列强构建起来的“全球化”体系开始复苏。

①《释氏要览》卷 2，T54, no. 2127, b21-29。
② 宋神宗元丰五年（1082）废置译经院，佛教经典汉译由此不再。

由于缺乏对印度现代语言和文化的了解，早期对印度经典的译介在语言工具和主题设置两个层面均在一定程度上受制于西方的话语体系。20世纪上半叶中国对泰戈尔作品的译介便是明证。1913年，泰戈尔自己译为英语的诗集《吉檀迦利》以英语文学作品的身份获得诺贝尔文学奖，这在当时的世界文坛引起了轩然大波，对当时正在探索民族出路的中国知识分子来说同样具有很大的震撼力和吸引力。陈独秀在1915年10月15日出版的《青年杂志》上刊载了自己译自《吉檀迦利》的四首《赞歌》，为此后持续了近一个世纪并且至今依然生机勃勃的泰戈尔著作汉译工程拉开了序幕。据刘安武统计，至1949年中华人民共和国成立止，“我国翻译介绍了印度文学作品40种左右（不包括发表在报刊上的散篇）。这40种中占一半的是泰戈尔的作品”。[①] 泰戈尔之所以在中国受到格外关注固然始于西方学术界对他的重视，但他的影响如此之大亦在于他的作品恰好满足了当时中国在文学思想领域的需求。首先，从语言文学来看，泰戈尔的主要创作语言是本土的孟加拉语，而非印度古典梵语。这引起了当时正致力于推广白话文的中国知识分子的广泛关注，并被视为白话文替代古文的成功榜样。[②] 此外，泰戈尔的文学创作，尤其他的散文诗为当时正在摸索之中的汉语诗歌提供了一个重要的参考对象。其次，从思想上来说，泰戈尔的思想与当时作为亚洲国家“先锋”的日本截然相反，为当时正在探索民族出路的中国知识分子提供了另一个标杆。于是，泰戈尔意外地成为中印之间自佛教之后的又一重大交流主题。尽管中国知识分子对其思想和实践的评价并不一致，许多学者依然扎实地以此为契机重启了中国翻译印度经典的进程。当时中国尚未建立起印度现代语言人才培养机制，因此早期

① 刘安武:《汉译印度文学》,《中国翻译》，1991年第6期，第44~46页。

② 胡适向青年听众强调泰戈尔对孟加拉语文学的贡献时说：“泰戈尔为印度最伟大之人物，自十二岁起，即以阪格耳（孟加拉）之方言为诗，求文学革命之成功，历五十年而不改其志。今阪格耳之方言，已经泰氏之努力，而成为世界的文学，其革命的精神，实有足为吾青年取法者，故吾人对于其他方面纵不满足于泰戈尔，而于文学革命一段，亦当取法于泰戈尔。”（载《晨报》，1924年5月11日）

对泰戈尔作品的汉译多转译自英语。凭借译者深厚的文学功底，不少经典译作得以诞生，尤其是冰心、郑振铎等人翻译的泰戈尔诗歌，时至今日依然在中国广为流传。

与泰戈尔一同被引介到中国的还有诸多印度民间故事文学作品。[①]如前文所述，古代翻译印度经典时就有不少印度民间故事被介绍到中国，但多以佛教经典为载体。[②]近现代以来，印度民间文学以非宗教作品的形式被重新介绍过来。这在很大程度上是因为“中国缺少创作儿童文学的传统”[③]，印度丰富的民间文学正好满足了中国读者的需求。与此同时，印度民间文学与中国文学之间的关系也日益进入中国学者的视野，“中印文学比较研究”这一新的研究领域开始初露端倪，其研究领域最广为人知的课题之一便是《西游记》中孙悟空形象与《罗摩衍那》中哈奴曼形象的渊源，当时许多新文化运动的大家都参与其中，鲁迅、叶德均认为孙悟空形象源于本土神话形象“无支祁”，胡适、陈寅恪、郑振铎则认为孙悟空形象源于哈奴曼。[④]

自西方语言转译印度经典的尝试为增进对印度的认知、重燃中国知识界和民众对印度文化的兴趣起到了积极作用，许多掌握西方语言的汉语作家投身其中，其翻译作品受到读者喜爱。然而，转译的不足也显而易见，因此，对印度经典的系统汉译需要建立一支如古代梵汉翻译团队一样的专业人才队伍。

1942 年，出于抗战需要，民国政府在云南呈贡建立了国立东方语文专科学校，设有印度语科，开始培养现代印度语言人才。1946 年，季羡林自德国学成回国，在北京大学创设东语系；1948 年，金克木加盟东语系。1949 年，国立东方语文专科学校并入北京大学东

---

① 参见刘安武：《汉译印度文学》，《中国翻译》，1991 年第 6 期，第 44~46 页。

② 参见薛克翘：《中国印度文化交流史》，北京：昆仑出版社，2008 年，第 261~265 页。

③ 刘安武：《汉译印度文学》，《中国翻译》，1991 年第 6 期，第 44~46 页。

④ 参见鲁迅：《中国小说史略》，《鲁迅全集》第 9 卷，北京：人民文学出版社，1981 年；鲁迅：《中国小说的历史的变迁》，《鲁迅全集》第 9 卷，北京：人民文学出版社，1981 年、胡适：《〈西游记〉考证》，《胡适文存》第 2 集第 4 卷，上海：亚东图书馆，1924 年；陈寅恪：《〈西游记〉玄奘弟子故事之演变》，《金明馆丛稿二编》，上海：上海古籍出版社，1982 年、郑振铎《〈西游记〉的演化》，《郑振铎全集》第 4 卷，石家庄：花山文艺出版社，1998 年；叶德均：《无支祁传说考》，《戏曲小说丛考》，北京：中华书局，1999 年。

语系。东语系开设梵语－巴利语、印地语、乌尔都语三科印度语言专业，并很快培养出第二代印度语言专业队伍。随之，印度经典得以从原文翻译。第一代学者季羡林、金克木领衔的梵语团队翻译了印度大史诗《罗摩衍那》及以迦梨陀娑为代表的印度古典梵语文学作家的许多作品，如《沙恭达罗》《优哩婆湿》《云使》《伐致呵利三百咏》等，并启动了《摩诃婆罗多》等经典作品的翻译；旅居印度的徐梵澄翻译了《五十奥义书》[①] 及奥罗宾多创作、注释的诸多哲学著作。季羡林、金克木的弟子黄宝生等延续师尊开创的传统，完成了《摩诃婆罗多》、奥义书[②]、《摩奴法论》、古典梵语文论、故事文学作品等一系列著作的翻译。与此同时，由第二代学者刘安武领衔的近现代印度语言团队译介了大量的印地语、乌尔都语、孟加拉语等语言的文学作品，其中尤以对印地语/乌尔都语作家普列姆昌德和孟加拉语作家泰戈尔的作品的汉译最为突出。[③] 殷洪元对印度现代语言语法著作的翻译以及金鼎汉对中世纪印度教经典《罗摩功行之湖》的翻译也开拓了新的领域。巫白慧等学者陆续将包括"吠檀多"在内的诸多婆罗门教哲学经典译为汉语。[④] 文献资料是学术研究的基础，这一系列经典汉译成果打破了古代中国对古代印度经典汉译中存在的"佛教主导"的局限，增加了现代视角，并以经典文献为契机，首次较为全面系统地介绍了印度文明，奠定了现代中国印度学研究的基础。由这两代学者编订的《印度古代文学史》《梵语文学史》和

---

① 参见徐梵澄译：《五十奥义书》，北京：中国社会科学出版社，1995年。

② 参见黄宝生译：《奥义书》，北京：商务印书馆，2010年。

③ 刘安武自印地语译出的普列姆昌德作品（集）有《新婚》（贵阳：贵州人民出版社，1982年）、《如意树》（上海：上海译文出版社，1983年）、《普列姆昌德短篇小说选》（北京：人民文学出版社，1984年）、《割草的女人：普列姆昌德短篇小说新集》（长沙：湖南人民出版社，1985年）等，加之其他学者的译介，普列姆昌德的重要作品几乎全被译为汉语。此后，刘安武又主持编译出版了24卷本《泰戈尔全集》（石家庄：河北教育出版社，2000年），泰戈尔的主要作品均被收录其中。

④ 其中重要的译著成果包括巫白慧译《圣教论》（乔荼波陀著，北京：商务印书馆，1999年）、姚卫群译《古印度六派哲学经典》（节译六派哲学经典，北京：商务印书馆，2003年）、孙晶译《示教千则》（商羯罗著，北京：商务印书馆，2012年）等。

《印度印地语文学史》等著作成为中国现代印度学研究的必读文献。[1]

由于印度文化的独特之处及其在历史上形成的巨大影响力，以现代学术研究的方式开展的印度经典汉译所产生的影响进一步辐射了包括语言、文学、哲学、历史、考古等多个学科领域，并形成了一些跨学科研究领域：

其一，中印文化比较研究。由胡适等老一辈学者开创的中印文学比较取得了新的进展，其中一部分研究形成了中印文化交流史这一新的学术研究领域；另一部分研究成为东方文学研究领域最重要的组成部分，东南亚、西亚等区域文学研究也受益于印度文学研究的开展和所取得的成就。此外，从具体作品到文艺理论的印度文学译介也从整体上进一步拓展了比较文学研究的视野。

其二，佛教研究。现代中国对印度经典汉译的范围不再局限于传统的汉语系佛教传统经典，在许多领域都取得了新的突破。在佛教文献来源方面，开拓了对巴利语系和藏语系佛教的研究。[2] 由于梵语人才的培养，中国学者得以恢复梵汉对勘的学术传统。[3] 对非佛教宗教思想典籍的译介也使得对佛教的认识跳出了佛教自身的范畴，对其与其他宗教思想之间的互动与联系有了更加全面的认识。

其三，语言学研究。对梵语及相关语言的研究推动了梵汉对音，以及对古汉语句法的研究。一些接受了梵语教育的汉语言学学者结合古代语料，尤其是汉译佛经，对古汉语的语音、句法等做出研究。

---

① 单就印度文学翻译而言，据不完全统计，1950~2005 年，中国翻译印度文学作品（以书记）约 400 余种，其中中印关系交好的 1950~1962 年约有 70 种，关系不好的 1962~1976 年仅有 4 种，关系改善后的 1976~2005 年则有 300 余种。不过，2005 年之后，除黄宝生、薛克翘等少数学者仍笔耕不辍外，其他前辈学人逐渐"离席"，这类汉译工作进入某种冬眠期。

② 相关成果包括郭良鋆译《佛本生故事选》（与黄宝生合译，北京：人民文学出版社，1985 年）、《经集：巴利语佛教经典》（北京：中国社会科学出版社，1998 年），以及段晴等译《汉译巴利三藏·经藏·长部》（上海：中西书局，2012 年）等。

③ 自 2010 年以来，黄宝生主持对勘出版了《入菩提行论》（北京：中国社会科学出版社，2011 年）、《入楞伽经》（北京：中国社会科学出版社，2011 年）、《维摩诘经》（北京：中国社会科学出版社，2011 年）等佛经的梵汉对勘本，叶少勇以梵藏汉三语对勘出版了《中论颂》（上海：中西书局，2011 年）。

四、现状和汉译例解

尽管取得了上述成就，但由于印度文明积累深厚、经典众多，目前亟待翻译的印度经典还有很多。其中，以梵语创作的经典包括四部吠陀本集、梵书、森林书、往世书、《诃利世系》《利论》《牧童歌》等；以南印度语言创作的经典包括桑伽姆文学、《脚镯记》《玛妮梅格莱》《大往世书》《甘班罗摩衍那》等；以波罗克利特语创作的经典包括《波摩传》等；以中世纪北印度地方语言创作的经典包括《地王颂》《赫米尔王颂》《阿底·格兰特》《苏尔诗海》《莲花公主》，以及格比尔、米拉巴伊等人的作品等；以现代印度语言创作的经典包括帕勒登杜、杰辛格尔·普拉萨德、般吉姆·钱德拉·查特吉、萨拉特·钱德拉·查特吉、拉默金德尔·修格尔、默哈德维·沃尔马、阿格叶耶等著名现当代文学家的作品以及迦姆达普拉沙德·古鲁、提兰德尔·沃尔马等人的语言学著作等。此外，20世纪以来，一些印度思想家、政治家、文学家以英语创作的作品也可列入印度现代经典之列，目前中国仅对圣雄甘地、贾瓦哈拉尔·尼赫鲁、辨喜、纳拉扬、安纳德、拉贾·拉奥、奈都夫人等人的个别作品有所译介，大量作品仍然处于有待翻译的名单之中。

这些经典汉译的背后离不开相关学者的努力。进入21世纪以来，中国从事印度经典汉译工作的人员大致有两支队伍：第一支是自20世纪四五十年代以来成型的印度语言专业队伍，其人员构成以高等院校和研究机构从业人员为主，兼有相关外事机构从业人员，他们均接受过系统、专业的印度语言训练。第二支是20世纪初译介包括泰戈尔作品在内印度文学作品的作家和出版业者，随着80年代改革开放以来，越来越多接受过英语教育的人或全职或兼职地参与到印度作品的汉译工作之中。相比第一支队伍，这支队伍的人员构成较为复杂，水平也参差不齐，但在市场经济的推动下，一些能够成为市场热点的著作往往很快就翻译过来，例如两位与印度相关的诺贝尔文学奖得主泰戈尔和奈保尔的作品一版再版，四位印度裔布克奖得主萨尔曼·拉什迪、阿兰达蒂·罗伊、基兰·德塞、阿拉文德·阿迪加的作品也先后译出；此外，由于瑜伽的普及，包括克里希那穆提在内的一些现代宗教家的论著也借由英语转译为汉语。一方面，随着市场化改革的需求，第二支队伍日益蓬勃发展，但其翻译质量往往难以保障。另一方面，由于现行科研体制对从事翻译和研究者的不利状况，第一支队伍也面临着诸多问题。如何在接下来的实践中取长补短，或者说既要尊重市场机制的要求，又要以学术传统克服市场失灵的状况等，这也是需要进一步思考的问题。

应该说，印度经典汉译主要依靠第一支队伍，原文经典翻译比通过其他语言转译更为重要。20 世纪 80 年代以来，这支队伍勤勤恳恳，笔耕不辍，为印度经典汉译做出了巨大贡献，取得了丰硕成果。然而，就现状看，除黄宝生、薛克翘等极少数学人外，这支队伍的第一代和第二代学人已然"离席"，后辈学人虽然已经加入进来，但毕竟年轻，经验不足，加之现行科研体制自身问题的牵制，后续汉译工作亟需动力。好在已有些年轻人在这方面产生了兴趣，其汉译意识很强，对印度梵文原典和中世纪及现当代原典的汉译工作的理解也令人刮目。可以预见，印度经典汉译将会迎来又一个高潮，汉译印度经典的水平也将有新的提升。

从某种角度说，在前文罗列的种种有待翻译的印度经典中，印度中世纪经典尤为重要。中世纪时，随着传统婆罗门教开始融合包括佛教、耆那教等在内的异端信仰与民间的大众化宗教传统，加之伊斯兰教的进入，印度进入了一个新的"百家争鸣"时代。这一时期留下了许多经典之作，它们对后世印度的宗教、社会、文化均产生了重要影响。长期以来，中国对印度中世纪经典的译介几乎一片空白，仅有一部《罗摩功行之湖》和零星的介绍。近年来，笔者组织团队着手翻译印度中世纪经典《苏尔诗海》，并初步总结了以下心得：

第一，经典汉译并非简单的语言转换，除需要精通相关语言外，还需要译者具备与印度文化相关的背景知识，以便能够精准地理解原文含义。例如，在一首描写女子优雅体态的艳情诗中，作者直接以隐喻的修辞手法描述了包括莲花、大象、狮子、湖泊等在内的一系列自然景象和动植物，若不熟悉印度古代文学中一些固定的比喻意象，则很难把握这首诗的含义。[①] 由于审美标准不同，被古代印度诗人视为美丽的“象腿”在当今语境中已经成为足以令女子不悦的比喻。此类审美视角需要辅之以例如《沙恭达罗》中豆扇陀国王对沙恭达罗丰乳肥臀之态的称赞才能理解。

第二，古代中国对古代印度经典汉译的传统在很大程度上为现代翻译经典提供了以资可鉴的便利，譬如许多专有词汇在汉语中已有完全对应的词汇可供选择，省去了译者的诸多麻烦。但是，这也要求译者了解相关传统，并能将其中的一些内容为己所用；同时，还应避免由于古代中国对古代印度经典翻译在视角、理解上的偏差所带来的问题。例如，triguna 这一数论哲学的基本概念已由真谛在《金七十论》中译为“三德”，后来的《薄伽梵歌》等哲学经典的汉译也已沿用，新译经典中便不宜音译为“三古纳”之类的新词。此外，由于受佛教信仰的影响，一些读者在看到“三德”时往往容易将之与佛教中所说的法身德、般若德、解脱德等其他概念联系起来，对此需要给出注释加以说明以免误解。

第三，现代中国对现代印度经典的汉译虽然已经取得了不俗的成绩，但由于时间、人员等条件的限制，在翻译体例、内容理解等方面依然存在不少可改进之处。

笔者以《苏尔诗海》中黑天的名号为例予以说明。黑天是印度教大神毗湿奴最重要的化身之一，梵语经典中通常称之为 Krsna，字面义为“黑”，汉语之所以译为“黑天”，很可能是因为汉译佛经将婆罗门教诸神（deva）译为“天”，固在 Krsna 的汉语译名“黑”之后加上了“天”，大约与 Brahma 被译为“梵天”、Indra 被译为“帝释天”，以及 Sri 被译为“吉祥天”等相当。后世对相关经典文

① 参见姜景奎等:《〈苏尔诗海〉六首译赏》，载《北大南亚东南亚研究》（第一卷），北京：中国青年出版社，2013 年，第 261~262 页。

献的介绍都沿用了这一名称。然而，若实际对照各类经典，可以发现毗湿奴名号繁多。[1]中世纪印度语言继承并发扬了这一传统，在伯勒杰语《苏尔诗海》中，黑天的名号有数十种之多，其中仅字面义为“黑”的常见名号就有四个，分别是 Krsna, Syama, Kanha, Kanhaiya。这四个名号之中只有 Krsna 是标准的梵语词，且使用最少，只用于黑天摄政马图拉之后人们对他的尊称；其他三个均为伯勒杰语词，多用于父母家人、玩伴女友对童年和少年黑天的称呼。因此，汉译中如果仅使用天神意义的“黑天”一名就违背了《苏尔诗海》所描述的黑天的成长情境。为此，结合不同名号的使用情状以及北印度农村生活的实际情况，笔者重新翻译了其他三个名号，即将多用于牧女和同伴对少年黑天称呼的 Syama 译为“黑子”，多用于父母和其他长辈对童年黑天称呼的 Kanha 和 Kanhaiya 分别译为“黑黑”和“黑儿”。此外，还有一些名号或表明黑天世俗身份，或描述黑天体态，或宣扬黑天神迹，笔者也重新进行了翻译，例如：nanda-namdana“难陀子”、madhava“摩图裔”等称呼说明了黑天的家族、家庭身份，kesau“美发者”、srimukha“妙口”等以黑天身体的某一部分代指黑天，giridhara“托山者”、manamohana“迷心者”等以黑天在其神迹故事中的表现代指黑天，等等。

结合以上几方面的思考，《苏尔诗海》汉译实际上兼具深入而系统的研究性质，包括四部分：第一，校对后的原文。到目前为止，印度出版了多个《苏尔诗海》版本，各版本虽大同小异，但仍有差异，笔者团队搜集到影响较大的几个主要版本，并进行核对比较，最后确定一种相对科学的原文进行翻译研究。第二，对译。从经典性和文献性出发，尽可能忠实于原文，在体例选择上尽量保持诗词的形态，在内容上尽量逐字对应，特殊情况则以注释说明。第三，释译。从文献性和思想性出发，尽可能客观地阐明原文所表现的文献内容和宗教思想。该部分为散文体，其中补充了原文省略的内容

---

① 参见葛维钧:《毗湿奴及其一千名号》(载《南亚研究》，2005 年第 1 期，第 48~53 页）及相关著述。

并清楚地展现出情节的发展、人物的心理变化以及作品的思想内涵。第四，注释。给出有关字词及行文的一些背景知识，例如神话传说故事、民间信仰、生活习俗、哲学思想等，以及翻译中需要说明的其他问题。

试以下述例解说明：

【原文】略[①]

【对译】

此众得乐自彼时

听闻诃利[②]你之信，当时即刻便昏厥。
自隐蔽处蛇[③]出现，欣喜尽情吸空气。
鹿[④]心本已忘奔跃，复又撒开四蹄跑。
群鸟大会高高坐，鹦鹉[⑤]言称林中王。
杜鹃[⑥]偕同自家族，咕咕欢呼唱庆歌。
自山洞中狮子[⑦]出，尾巴翘到头顶上。
自密林中象王[⑧]来，周身上下傲慢增。
如若想要施救治，莫亨[⑨]现今别耽搁。
苏尔言，
如若罗陀[⑩]再这般，一众敌人大欢喜。

【释译】

黑天离开牛村很久了，养父难陀、养母耶雪达以及全村的牧人牧女都非常思念他，希望他能回来看看。牧女们对黑天的思念尤为

---

① 由于原文字体涉及较为复杂的排版问题，这里仅呈现该首诗的对译、释译和注释三部分，原文略。本诗为《苏尔诗海》（天城体推广协会版本）第 4 760 首，参见 Dhirendra Varma, *Sursagar Sara Satika*, Sahitya Bhavan Private Ltd., 1986, No. 181, p.334.

② 诃利，原文 Hari，“大神”之义，黑天的名号之一。

③ 此处以蛇代指罗陀的发辫，意在形容发辫柔软纤长、乌黑发亮。

④ 此处以鹿的眼睛代指罗陀的眼睛，意在形容眼睛大而有神、灵动美丽。

⑤ 此处以鹦鹉的鼻子代指罗陀的鼻子，意在形容鼻子又挺又尖、美妙可爱。

⑥ 此处以杜鹃的声音代指罗陀的声音，意在形容声音甜美悠扬、清脆嘹亮。

⑦ 此处以狮子的腰代指罗陀的腰，意在形容腰身纤细柔顺、婀娜灵活。

⑧ 此处以大象的腿代指罗陀的腿，意在形容腿脚步态从容、端庄稳重。

⑨ 莫亨，原文 mohana，黑天的名号之一。

⑩ 罗陀，原文 Radha，黑天最主要的恋人。

强烈，其中又以罗陀最甚。罗陀是黑天的恋人，两人青梅竹马，两小无猜，曾经你欢我爱，形影不离。可是，黑天自离开后就再也没有回来过，甚至连信也没有寄过一封。伤离别，罗陀时刻处于煎熬中。为了教育信奉无形瑜伽之道的乌陀，也为了看望牧区故人，黑天派乌陀来到牛村，表面上让他传授无形瑜伽之道，实则置他于崇尚有形之道的牛村人中间，让他迷途知返。乌陀的到来，打乱了牛村人的生活，一者，牛村人沉浸在思念黑天的离情别绪之中，乌陀破坏了气氛，于表面的宁静之中注入了不宁静。二者，牛村人本以为乌陀会带来黑天给予牛村的好消息，但适得其反，乌陀申明自己是为传授无形的瑜伽之道而来，甚至说是黑天派他来传授的，牛村人对此不解、迷茫。他们崇尚有形，膜拜黑天，难道黑天完全抛弃了他们？他们陷入了更深一层的痛苦之中。三者，对牧区女来说，与黑天离别本就艰难，但心中一直抱有再次见面再次恋爱的期望，乌陀的到来打消了她们的念头，从精神上摧毁了她们。其中，罗陀尤甚，她所遭受的打击要比别人更甚。由此，出现了本诗开头提及的罗陀晕厥以及晕厥之后乌陀“看到”的情况，具体内容是乌陀向黑天口述的：

乌陀对黑天说道：“黑天啊，你的恋人罗陀非常思念你，她忍受离别之苦，渴望与你相见。可是，你却让我去向她传授无形的瑜伽之道。唉，她一听到是你让我去的，当即就昏了过去，倒在地上，不省人事。唉，真是凄凉啊！这边罗陀昏迷不醒，那边动物界却出现了一派喜气景象：黑蛇从洞里出来了，它高兴地尽情享受空气；此前，罗陀的又黑又亮的长发辫曾使它羞于见人，认为自己形体丑陋，不得不躲藏起来。已经忘记奔跑的小鹿出来了，它撒开四蹄，愉悦地到处奔跳；此前，罗陀那明亮有神的大眼睛曾使它羞于见人，认为自己的眼睛丑陋，不敢出来乱逛。鹦鹉出来了，它参加群鸟大会，坐在高高的枝丫上，声称自己是林中之王；此前，罗陀又尖又挺的鼻子曾使它羞于见人，认为自己的鼻子丑陋，躲藏起来。杜鹃鸟出来了，它和同族一起，咕咕叫个不停，欢庆胜利；此前，罗陀那甜美悠扬的声音曾使它感到拘束，认为自己的声音难听，不敢开口。狮子从山洞中出来了，他得意扬扬，悠闲自在，尾巴翘到了头顶上；此前，罗陀纤细柔软的腰肢曾使它羞于见人，认为自己的腰肢粗笨僵硬，不敢示人，躲进山洞。大象从茂密的森林里出来了，它一步一昂头，傲慢自大，目中无人，盛气凛然；此前，罗陀稳重美丽的妙腿曾使它自惭形秽，认为自己的腿丑陋不堪，羞于展露，躲进森林。唉，黑天啊，你快救救罗陀吧，如果再不行动，稍后想要施救就来不及了……"

"此众得乐自彼时"是本诗的标题，意思是罗陀晕倒之时，即是众动物高兴之时，它们羞于与罗陀相比，虽然视罗陀为敌，却不敢直面罗陀，纷纷逃遁躲藏。听说罗陀遭到黑天抛弃，晕厥不醒，它们自然高兴，便迫不及待地恢复了原来的自由生活。"如若罗陀再这般，一众敌人大欢喜"，是诗外音，是苏尔达斯的总结性话语。在这首诗里，苏尔达斯主要展现了罗陀的美，但整首诗中没有出现任何对罗陀的溢美之词，没有提到罗陀的名字，更没有提到她的发辫、眼睛、鼻子、声音、腰肢和腿等，甚至没有提到蛇、鹿、鹦鹉、杜鹃鸟、狮子和大象的相关部位，仅以这些动物对罗陀晕厥不醒后的反应进行阐释，这就给听者和读者留下了巨大的想象空间，似形似景，情景交融。这种手法似乎是印度特有的，其审美视角值得深入研究。

上述例解仅为笔者及笔者团队之于印度中世纪经典汉译的一己之见，希望能开拓印度经典汉译与研究的新视角、新路子，以期印度经典在中国能得到更为深入系统的翻译与研究。

五、中印经典及当代作品互译出版项目

2013 年初，笔者与中国大百科全书出版社社长龚莉女士、副总编辑马汝军先生和社科分社社长滕振微先生合作，提出了"中印经

典和当代作品互译出版项目”的动议。该动议得到相关单位的积极回应。2013 年 5 月李克强总理访印期间，国家新闻出版广电总局和印度外交部签署合作文件，决定启动“中印经典和当代作品互译出版项目”，并写入两国发表的联合声明（第 17 条）。2014 年 9 月，习近平主席访问印度，该项目再次被写入两国发表的联合声明（第 11 条）。该项目成为中印两国的重大文化交流项目之一。双方商定，双方各翻译对方的 25 种图书，以 5 年为期。2016 年 5 月，国家新闻出版广电总局印发“关于实施《“十三五”国家重点图书、音像、电子出版物出版规划》的通知”，该项目被列入“‘十三五’国家重点图书出版规划”。在此期间，笔者与薛克翘先生商量组织翻译团队事宜。我们掰着指头算，资深的老辈学人几乎都不能相扰，后辈学人又大多刚刚走上工作岗位，有的还在求学，翻译资质存疑。我俩怎一个愁字了得！然，事情得做，学人得培养。我们决定抓住机遇，大胆启用后辈学人，为国家培养出一支新的汉译团队。因此，除薛克翘、刘建、邓兵等少数几位前辈学人外，我们的翻译成员绝大多数在 40 岁左右，有的还不过 30 岁。两三年的实践证明，我们的决定完全正确。新生代学人知识全面，学习能力强，执行能力更强。从已完成待出版的成果看，薛克翘先生对审读过的一本书的评价最能说明问题：“字里行间，均见功夫。”译文质量是本项目的重中之重。除薛克翘、刘建和笔者外，我们邀请了黎跃进教授、石海军研究员和邓兵教授作为特约编审，约请了尼赫鲁大学的狄伯杰（B. R. Deepak）教授以及德里大学的阿妮达·夏尔马（Anita Sharma）教授和苏林达尔·古马尔（Surinder Kumar）先生作为印方顾问，对译文质量进行全面把关。译者完成翻译后，译稿首先交予编审审校，如遇大问题时向印方顾问咨询，之后返予译者修改。如有必要，修改稿还需经过编审二次审校，译者再次修改。这以后，稿件才会交予出版社编辑进行审读，发现问题再行修改……我们认为，唯如此，译文质量才能得到保障，译者团队才能得到锻炼。

本项目是中印两国的重大文化交流项目之一。因此，印度方面也有相应团队，负责汉译印的工作，由上文提及的狄伯杰教授领衔，由印度国家图书托拉斯负责实施。需要指出的是，双方翻译的作品并非译者自选，而是由双方专家通过充分沟通磋商确定。汉译作品的选定过程是这样的，笔者先拟定了 50 多种印度图书，这些书抑或是中世纪以来有重要影响的经典巨著，比如《苏尔诗海》《格比尔双行诗集》和《献牛》等，抑或是印度独立以后获得过印度国家级奖项的作家之名作，如默哈德维·沃尔马、毗什摩·萨赫尼、古勒扎尔的代表作等。而后，笔者请相熟的印度学者从中圈定出 30 种。之后，国家新闻出版广电总局的相关领导、中国大百科全书出版社的龚莉社长和滕振微先生以及笔者本人专赴印度，与印方专家组进行面对面的交流探讨，最终确定了 25 种汉译印度图书名录。印度团队的印译中国图书名录的选定过程与此类似。具体的汉译书单如下表：

序号	书名	作者	备注
1	苏尔诗海 *Sursagar*	苏尔达斯 Surdas	诗歌
2	格比尔双行诗集 *Kabir Dohavali*	格比尔达斯 Kabirdas	诗歌
3	献牛 *Godan*	普列姆昌德 Premchand	长篇小说
4	帕勒登杜戏剧 *Bharatendu Natakavali*	帕勒登杜 Bharatendu	戏剧
5	普拉萨德作品集 *Prasad Rachna Sanchayan*	杰辛格尔·普拉萨德 Jaishankar Prasad	戏剧、诗歌、短篇小说
6	鹿眼女 *Mriganayani*	沃林达温拉尔·沃尔马 Vrindavanalal Verma	长篇小说
7	献灯 *Deepdan*	拉默古马尔·沃尔马 Ramkumar Verma	独幕剧
8	灯焰 *Dipshikha*	默哈德维·沃尔马 Mahadevi Verma	诗歌
9	谢克尔传 *Shekhar: Ek Jeevani*	阿格叶耶 Ajneya	长篇小说
10	黑暗 *Tamas*	毗什摩·萨赫尼 Bhisham Sahni	长篇小说
11	肮脏的边区 *Maila Anchal*	帕尼什瓦尔·那特·雷奴 Phanishwar Nath Renu	长篇小说
12	幽闭的黑屋 *Andhere Band Kamare*	莫亨·拉盖什 Mohan Rakesh	长篇小说

序号	书名	作者	备注
13	宫廷曲调 *Raag Darbari*	室利拉尔·修格勒 Shrilal Shukla	长篇小说
14	鸟 *Parinde*	尼尔莫勒·沃尔马 Nirmal Verma	短篇小说
15	班迪 *Aapka Bunti*	曼奴·彭达利 Mannu Bhandari	长篇小说
16	一街五十七巷 *Ek Sadak Sattavan Galiyan*	格姆雷什瓦尔 Kamleshwar	长篇小说
17	被抵押的罗库 *Rehan par Ragghu*	加西纳特·辛格 Kashinath Singh	长篇小说
18	印度与中国 *India and China*	师觉月 P. C. Bagchi	学术著作
19	向导 *Guide*	纳拉扬 R. K. Narayan	长篇小说
20	烟 *Dhuan*	古勒扎尔 Gulzar	短篇小说、诗歌
21	那时候 *Sei Samaya*	苏尼尔·贡戈巴泰 Sunil Gangopadhyaya	长篇小说
22	一个婆罗门的葬礼 *Samskara*	阿南特穆尔蒂 U. R. Ananthamurthy	短篇小说
23	芥民 *Chemmeen*	比莱 T. S. Pillai	短篇小说
24	印地语文学史 *Hindi Sahitya ka Itihas*	罗摩金德尔·修格勒 Ramchandra Shukla	学术著作
25	棋王奇着 *The Chessmaster and His Moves*	拉贾·拉奥 Raja Rao	长篇小说

毫无疑问，这些作品均是印度中世纪以后的经典之作，基本上代表了印度现当代文学水准，尤其反映出印地语文学的概貌。我们以为，通过这些文字，中国读者可以大体了解印度现当代文学的基本情况。

就本项目而言，笔者在这里需要表达由衷谢意：

首先，感谢国家新闻出版广电总局的相关领导，没有他们的认可，本项目不可能正式立项。其次，感谢中国大百科全书的前社长龚莉女士、前副总编辑马汝军先生和前社科分社社长滕振微先生，没有他们的奔走，本项目不可能成立。再次，感谢中国大百科全书出版社社长刘国辉先生，社科学术分社社长郭银星女士、副社长王宇女士以及诸位编辑大德，没有他们的付出，本项目不可能实施。感谢另两位主编薛克翘先生和刘建先生，两位前辈不仅担当主编、审校工作，还是主要译者；他们是榜样，也是力量。十分感谢黎跃进和邓兵两位教授，两位是特邀编审，邓兵教授也是译者，他们认真负责的精神令人起敬。感谢印度尼赫鲁大学的狄伯杰教授以及德里大学的阿妮达·夏尔马教授和苏林达尔·古马尔先生，他们的付出为本项目的实施提供了某种保障。特别感谢石海军研究员，他是特邀编审之一，可惜天不假年，他于2017年5月13日凌晨突然辞世，享年仅55岁，天地恸哭，是中国印度文学研究的一大损失！最后，感谢翻译团队的诸位译者，他们是新时代的精英，是中国印度研究领域的后起之秀，他们的成就由读者面前的文字可见一斑。

祝福诸位，祝福所有为本项目的立项和实施有所付出的先生大德们！

自《浮屠经》以来，汉译印度经典已有两千多年的历史。这一人类历史上少有的浩大文化工程背后既有对科学技术的追求，也有对宗教信仰的热忱；既有统治者的意志，也有普通民众的需求。印度经典汉译一方面极大地丰富了中华文化，另一方面也保存和传播了印度文化；既形成了自己的学术传统，又推动了许多相关领域研究的发展。时至今日，在中印关系具有特殊意义的大背景下，继续推进对印度经典的汉译在两国关系层面有助于加深两国之间的认知和了解，构建更为均衡、更为深厚的国际关系，在学术研究层面也有助于推动相关领域研究的继续发展。

姜景奎

北京燕尚园

2017年12月31日

2019年12月25日修订

目　录

短篇小说

诗歌

一、叙事诗 65 首

1. 我承诺要写首诗

我承诺要写首诗，会实现的
脉搏渐渐消逝，疼痛慢慢睡去
黄黄的月亮在地平线上升起
白日已在水中，夜晚近在岸畔
没有黑暗黎明，没有夜晚白昼

肉体死亡之时，灵魂复苏之际
我承诺要写首诗，一定会实现的！！

2. 小心，慢慢地走

小心，慢慢地走，再慢一些
看清楚，想明白，轻轻地放下脚

不要发出沉重的脚步声
玻璃般的梦，在孤独中凌乱着
不要打破任何一个梦，小心，不要醒来

一醒来，梦就死了

3. 那个诗人

那个诗人，冷漠生活
时而胡言乱语
时而不闻不问
如聋哑一般！
他收集着月亮的阴影
将潮湿的缕缕微光
捧在手心
如同夜晚的枯叶
在时间这繁茂的森林中
苟延残喘

对，就是那个奇怪的诗人
夜半起身匍匐前行
要去亲吻月亮的脸庞！！

他从月亮上跌落而亡
人们都说他是自杀

4. 也教我纺织吧!

哪位织工教教我纺织的技巧吧!

经常看你纺织
每当纺线断了或是到了头
重新接上
继续开始
但是你的这根线上
一个疙瘩和线头
都未显现

我也曾织过一次，同样的线
可所有的线头
都清晰可见啊我的织工!

5. 桑树枝上

桑树枝上坐着谁
正纺着丝线
一吐一纳
树叶沙沙作响
一口一口近乎疯狂
一口一口将自我捆绑

自我呼吸的禁锢者

纺丝的诗人
终有一天
将在自己的丝线中死去

6. 篝火

整夜寒风凌厉
整夜我们
烤火取暖

我砍下过去的枯枝
你采摘过往的树叶
我从口袋中掏出干涸的诗篇
你也亲手展开泛黄的信件
我眼睁睁看着自己毫无意义地折着树枝
亲手将干枯的枝条丢弃
你拂去睫毛上的泪滴，挥洒落地

整夜我们砍下早已融入身躯的那些过往
投入燃烧的篝火

整夜用灵魂点燃着火焰
两具身躯作为燃料
整夜我们呵护着即将破碎的关系

7. 时间（一）

吓飞了小鸟
碾碎了草尖的露珠
折断了枝干的身影
在它们身后
不断升起的太阳——
我要追赶它
抓捕它
那带着我的每一天不停奔跑的太阳！

8. 不要落幕

不要落幕，等等，故事还没结束
不要落幕，等等
虽然墙倾瓦落，身躯倒下
演员们失望气馁
灵魂的痛苦正在燃烧，心中的苦痛不断涌动
情绪正在膨胀

来，抓住从疲惫的演员手中滑落的那些
来，抓住即将被龙卷风摧毁的那些
某个演员将从这里站起，带着那束光芒
到达尾声
现在不要落幕，等等！！

9. 扔下书包

罗基扔下书包向光明公园跑去
嘴里叫着："放风筝咯，
摘熟透的加门果[①]咯"

妈妈取下晾在院里绳子上的衣物
拿出铝罩[②]小心盖好馕坑

拉齐用布裹好
这一天的薄豆面饼
"好了！可别被雨淋了"

海萝用满是皱纹的双手
捧起地里干巴巴的泥土
湿润的眼睛望向天空

乌云压顶
大雨将近

10. 圆滚滚的……

圆滚滚的太阳倦了
停在一块尖尖的岩石上

① 一种水果，颜色和形态似紫葡萄，内有一颗大果核。
② 将装油的铝罐剪开制成的防雨罩。

像杂耍艺人指尖顶起的圆球
吹口气就沉入深深的水中

圆滚滚的太阳一下子燃尽了
“嗞啦”一声熄灭了这煎熬的一天

11. 书

书从紧闭的玻璃柜门中窥探着
渴望地凝视着
月余未曾会面
曾与它共度的黄昏
现在多在电脑前
书焦虑不安——
开始梦游
渴望地凝视着
过去它所宣扬的价值
历久弥新从未消逝
如今在家中荡然无存
过去它所传递的关系
也彻底支离破碎

翻开书页，抽泣声随之而至
一些词义已然消逝
那些干瘪如朽木般的词语
无法承载任何意义

仅是堆砌的术语

如同破碎丢弃的陶碗
被玻璃取代

从前翻书页时舌尖上的味道
如今动动手指
眨眼之间
所有内容在屏幕上应有尽有

从前与书的亲密接触，已难觅踪影
时而躺着把它贴在胸膛
时而怀抱
时而端放于双膝
跪拜般阅读，用额头触碰

书中的知识将来总会遇到
但那些夹着的干花
芬芳四溢的便笺
藉由借书、还书之借口建立的缘分
它们将会如何?
可能永不再有!

12. 这圆圆的钱币

这圆圆的钱币，闪闪发光，叮当作响
有些印着国王的脸庞
有些印着王后的头像

背后镌刻着时间
到哪儿都手手相传

小心保存这钱币上的头像
一旦抹掉就成假的了

13. 从清晨到日暮

从清晨到日暮，鹿都在戏弄我
一直惊慌地在森林里打转
几支箭擦颈而过
它聪敏如我
瞬间消失在树丛中
我紧随其后，时而在山坡，时而在对岸
它盯着我
我无法逃脱它的眼神

谁让谁奔跑
谁是谁的猎物

清晨就到了森林
想将这调皮的鹿
如旗帜般挂在长矛尖上招摇过市
夕阳西下
却不由得心生恐惧
也许这只鹿
会将我挑上鹿角顶进山洞

14. 冲突

烈焰胃口巨大!
渴望无时无刻撕咬
所过之处一地焦枯
寸草不生
房屋被一口吞噬
烈焰厌恶湿翠
不断搜寻干枯的躯体

尽管森林里食材丰沛
一见贫民窟又开始抢夺
烈焰正吞噬着印度教寺庙和清真寺的食粮
如今不是人类点燃烈焰……
而是烈焰焚食人类!

15. 衣服

我的衣间悬挂着
你光鲜亮丽的衣服！
每次在家中清洗、晾干
我亲手熨烫
但褶皱并未消失
怨怼的油渍也未消除

人生该会多么简单
关系若如衣服
更换即可

16. 心在寻找

心在寻找那悠闲的日夜
那安坐思念爱人的时刻
——伽立布[①]

“心在寻找那悠闲的日夜”
冬日，躺在微光中的庭院
眼前摇曳着你的衣影
时而远，时而近

---

① 米尔扎·伽立布（Mirza Ghalib，1797~1869），印度乌尔都语、波斯语诗人，被誉为“抒情诗大师”。

抑或夏夜，东风袭来
在清凉雪白的被单上久久不眠
静赏洒落屋顶的星光

抑或冬夜，冰雪覆盖
独坐山间角落
聆听萦绕在山谷中的寂静

心在寻找那悠闲的日夜
那安坐思念爱人的时刻

17. 林中捡起四根稻草

林中捡起四根稻草
夹着一支麦穗
靠着几滴馊臭的泪水
止饿解渴
掌中攥满自己坟墓的泥土
这希望的灰泥
带着一种安居的渴望
这可怜的流浪汉
在城市中颠沛流离

期盼遇到你的肩膀得以依靠

18. 月之家

心中早无希望
油灯不再闪烁光芒
在这僻静荒凉的屋中游荡
被孤独戏弄
多少次跌倒……

月亮升起，家中才有光芒
否则永无天日！！

19. 小陀螺

我们都在逃亡
全是难民
所有值钱的首饰，妈妈都戴着
绑着
我六岁的小妹妹
喂完奶，吃饱饭，带上她一起跑
我把“小陀螺”和“大陀螺”
塞进灯笼裤里
深夜，我们逃离村庄
全是难民……
经过熊熊大火尖叫咆哮的森林
在滚滚浓烟中四散奔跑
谁残暴地撕扯开肚肠

眼睛怒视着
跑着跑着妈妈口吐鲜血
妹妹的小手不知何时不见了
就在那一天不见的还有我的童年
在边境寂静的沙漠中我总看到
“小陀螺”一直转着
“大陀螺”也不停地转着

20. 在迪纳[1]……

年龄挺大的一个女孩
抓着书包把我拽到门后
从书包里掏了一块白泥[2]
咬了一口笑了！
她在我脸颊上亲了一口说：
“把这块白泥给我吧！
我要把写字板抹干净写个名字！”
“她应该怀孕了！”妈妈后来告诉我

那时我大约才 6 岁
如今 56 岁了
在我记忆中她还是怀孕时的样子
直到现在也没有忘记！！

① 迪纳（Dina），今属巴基斯坦旁遮普省（Punjab），位于杰赫勒姆地区（Jhelum District）西北 10 英里。
② 一种白色的泥土，用于将写字板抹白便于写字。口感微甜，小孩子偶尔会偷吃。

21. 同伴

看到转角处那棵老芒果树了吗？
我熟悉的相识数年的芒果树

小时候为了偷一个芒果
顺着矮墙爬到树上
不知是不是踩疼了哪根树枝
它一下子把我扔到树下
气得我用石头使劲砸它
结婚时它用树枝
为我和妻子举行仪式
妻子碧纳怀孕后，每天下午
它都献上新鲜的生芒果

随着时间流逝，它的叶子和花朵都掉光了
每当走过它身边，碧纳就会和小家伙说：
“看，你就是那棵树上结出的小果子。”

如今我走到它身旁转角的地方
它总咳着问我：“怎么头发都没了？”

早上委员会的人就要把它砍掉
我再也不敢走到那个转角

22. 我在宇宙中

我在宇宙中，在行星间游荡
仿佛烟雾灰尘中四散的光芒
千百年来在这片大地上徘徊
如脱离出时间的刹那，无以为靠

徘徊在故乡的那条小巷
不断寻觅家的影踪
在你的灵魂和肉体中游荡

请亲吻我的嘴唇抚摸我的双眸
请你生下我庇护我

23. 星悬一线

星星挂在天空连成一线
如火花般闪烁着双眼
视线中闪耀着灼目的光斑
一睁眼如玻璃渣般刺痛

请将我投入天鹅绒般的黑暗中
在灼烧的眼前蒙上漆黑的布条
别让这滚烫的光芒闪瞎了双眼！

24. 人如气泡

人如气泡
漂浮在流动的水面
破碎，沉溺
再次形成，重新浮起
不被大海吞没
不被历史消亡
漂浮在时间的掌心
人如气泡!

25. 今日月前

今日烟雾又升起在月前
今日又将在芬芳的夜里焦灼

今日沉重的呼吸又在胸膛中肆虐
膨胀得就要爆炸
今夜再次在你的梦中无眠

今日烟雾又升起在月前

26. 悼亡诗

朋友，肩膀上扛着什么前行呢
棺材里什么都没有

没有疼痛，没有渴望，没有痛苦
没有微笑，没有叹息
没有只言片语
你肩膀上究竟扛着什么

泥土，只有泥土
只是把泥土埋进泥土
为何哭泣?

27. 眼泪

据说泥土是水的根源
植物扎根于泥土
根系中流淌着水

你眼中掉落的泪水
滋生出满腔的疼痛
幼芽从中而生
植物扎根于泥土
根系中流淌着水

28. 对话

有时，我坐在自己诗歌的面前
围成半圆
我问它们

与诗人作伴感觉如何?
它们惶恐地看着我
问是它们创造了我?
还是我创造了它们?
我以为所有诗歌皆因我而存在
诗歌却认为是它们使我存在
我的外在由它们而生
我的脾性由它们所塑

一首诗走上前来
恭敬地问道:
“说说，是不是有些迷茫?
要不要我坐在身旁，
帮你解答困惑?”

“觉得难过吧”另一首也说着前来
“你难以诉说的
那些秘密请轻轻告诉我
只要一个听到了，所有的都会听到!”

一首愤怒的诗歌激动地说:
“我充当你沙哑的声音已经多久?”
一首小诗说:
“我已经说过了，诗人
爬坡时如果感到呼吸沉重，难以承受

请把负重分到我的肩膀”
还有一首诗歌静静坐在后面
紧紧盯着我……
不知为何它有一双你的眼睛
每首诗歌都有自己的个性
但多多少少也是我的个性
我由它们而生或是……

我此刻感觉到
当我创造它们的时候
它们也创造了我！！

29. 狱中记

某夜，月亮穿过拉合尔[①]的小巷
爬上牢狱的高墙
像特种兵一样跳进牢房
毫无声响
岗哨都未能察觉

听说它去见费兹[②]
对费兹说“吟首诗吧”
时间的脉搏停滞了

---

① 拉合尔（Lahore），巴基斯坦旁遮普省首府。
② 费兹·艾哈迈德·费兹（Faiz Ahmad Faiz, 1911~1984），乌尔都语进步主义诗人，曾于1953年被捕入狱，其诗歌主要以争取民族独立、宣扬民主自由等而闻名。

吟些什么
让时间的脉搏重新跳动

30. 地方法院

走廊后还是走廊
走廊，盘旋在法院周围的走廊
穿着黑色斗篷，一圈圈绕着
这些决定善恶的牧师
手中拿着牢房的地图
袖中藏着绞架的绳索！

不停上上下下
如马戏团帐篷里荡秋千的杂耍艺人
垂着头像搁在椅子上的咸菜罐
昏昏欲睡
人们坐在排椅上，打着瞌睡
书放在搁板上，满口所谓证据法规
念念叨叨反反复复
这一圈绕着一圈的走廊
走廊，盘旋在法院周围的走廊！！

31. 时刻

何时起我就在废墟中徘徊

古老夜晚，破烂坟墓上肮脏的碑文
白日绞刑架忽然倒塌
晚霞中冷却的火葬堆尘埃飞扬
到处是偷时间的贼
到处是光辉时代的废墟
何时起我就在废墟中徘徊

在这里，神圣的掌中花纹消褪了
油灯的火焰消逝了
在这里，额头上的光芒燃尽了
单纯的脸上空洞的眼睛睁开了
眼中的含义已然擦去

何时起我就在废墟中徘徊
生活的意义处处崩塌，消逝难觅

32. 燃料

小时候，妈妈经常拍牛粪饼
我们就在牛粪饼上画人像
画上眼睛，添上耳朵，再装上鼻子
还有裹头巾，帽子
我的牛粪饼……你的牛粪饼……
还要给它起个名字
拍牛粪饼啦

清晨太阳笑咪咪地
晒在牛粪饼上
夜里庭院里燃起火炉
我们围坐在火炉边
轮到哪块牛粪饼了
哪块就烧成了灰
那个占星师……
一个小孩儿……
一个十车王[①]……

多年后……
坐在火葬场里我不禁想着
今夜此时燃烧的火炉中
又有一个朋友的牛粪饼燃烧殆尽

33. 绿野间

绿野间躺着一个昏迷的瘦弱女人
半死不活如尸体般被踩踏着
她在匆忙的脚步下痛苦地呻吟
盯着两边茁壮的玉米
暗暗地想着

“我的子宫要是没有被来往的人们践踏

① 十车王（Dashrath），印度史诗《罗摩衍那》（Ramayana）中阿逾陀（Ayodhya）国王。

我的儿子现在也成年了
女儿也到结婚的年龄了！”

34. 心中萦绕不去的痛苦

心中萦绕不去的痛苦
如森林傍晚时的昏暗
走着走着恐惧地踌躇
转身看向悲伤的来路
在不断暗淡的天色中
远远一路尘埃飞舞

35. 这个转弯过去

这个转弯过去，几条崎路，几条坦途
通向石殿，玻璃房，茅草屋
这个转弯过去，几条崎路，几条坦途

通往沙漠的盘旋着被龙卷风掩埋
一条胆怯地踌躇着跌入冰冷的死亡之谷
一条遍体鳞伤地穿越荆棘密布的森林
还有一条起起伏伏跑进未知的宇宙

坐在转弯处，那个通向所有道路的转弯处
终有一天，你将来到这里
停下，说道

要走哪条路！
那是怎样的一条路

36. 佝偻

不堪漫长旅途的重担，已然佝偻
我喘着粗气，急速攀登
胸中憋闷，难以呼吸
仿佛就此窒息

我的一首小诗来到面前
对我说：
“抓住我的手，我的诗人
来，让我卸下你的重担，放在我的肩上。”

37. 又一日

只是个空箱子，敞着口，撕开的
倚在墙边
毫无缘由地散落在路上
砰砰咣咣滚动的空箱子

正如这空虚无聊的日子
如此苍白、乏味、莫名的日子！！

38. 遗产

宗教并非个人意愿
而是父母的遗产

人怎可能选择自己的父母
祖国也是如此
故土也非个人意愿

新的一切刚刚开始
宗派冲突便屠杀了一切……

39. 这一幕

曾见过这一幕！
军队四处集结
持枪瞄准着
人们群情激愤
仿佛 1919 年，阿姆利则
贾利安瓦拉公园的景象昨日重现[①]

亦或是 1936 年的拉合尔
独立运动的年度集会

---

① 阿姆利则贾利安瓦拉公园 (Jallianwala Bagh, Amritsar)，位于印度旁遮普邦，因发生英国殖民者屠杀印度人民的“阿姆利则惨案”闻名。1919 年 4 月 13 日，阿姆利则市万余印度人民举行反对英国殖民政府通过的“罗拉特法案”抗议集会，遭到英国驻军血腥屠杀，数百人丧生，千余人受伤。

这一幕是多么的似曾相识
人们的神情如此相似
那悲伤与愤怒之情
他们的时代，他们的情感
历历在目

也可能是 1942 年的阿拉哈巴德①
广场正中栅栏围成的圆岛里

军队四处集结
围成圈，持枪瞄准着
人们群情激愤
手握成拳坚定地挥舞着
人们同样手握旗杆
同样高呼口号
子弹同样呼啸
很多人同样倒下
路上同样流淌着鲜血
广场正中的铁栅栏里
原先英国人塑像的位置
现在耸立着甘地

但现在……

① 阿拉哈巴德（Allahabad），印度北方邦（Uttar Pradesh）城市。

已经1992年了！[1]

40. 墓地

这是墓地，经过时请轻声轻语

墓地中不宜大声喧哗
经过时请蹑手蹑脚
来来往往的声音会让人无法安息
沉默的逝者希望保持沉默
不应再受到惊扰
这是墓地

在墓地里，不要把他人之语刻进逝者的墓志铭
写上名字，写上日期
内容过多或致坍塌
这是墓地，请慢慢地走过
别再惊扰逝者
这里埋葬的只是裹着泥土的肉体

41. 岸

走过广场，经过集市、市场
纸船穿过红色的小巷

---

① 1992年12月6日，数千名印度教徒强行摧毁了印度北方邦阿约提亚（Ayodhya）巴布里清真寺（Babri Masjid），引发了全国范围的印穆冲突，导致1100多人死亡，4000多人受伤。

浸泡在雨水中，可怜的船啊
在城市中飘荡
不安地问
每艘船都有岸
我也会有吗

一个幼稚的男孩
百无聊赖中
对一张废纸做了什么！

42. 融雪

当山上的雪即将融化
薄雾笼罩山谷
春伸着懒腰就要苏醒
睁开疲惫的双眼
山坡上即将绿意盎然

在春里仔细寻觅
过去季节的痕迹
在花苞忧伤的眼中
还残留着湿润的泪滴

43. 晚霞

日日伫立岸边凝望着

傍晚时分逐渐融化的金红相间的油彩
日日掉落进泥沼中

日日伫立岸边思考着
我要是将这融化的多彩晚霞的油彩
擦拭在手上然后悄悄找一个机会
抹在你红扑扑的脸颊上

你红扑扑的脸颊上
那傍晚时分逐渐融化的金红相间的油彩

44. 敲门

清晨梦中传来敲门声
打开门是几位边境那边的客人
看起来很熟悉
脸庞似曾相识
稍事梳洗
在院中盘腿而坐
馕坑里烤着厚厚的玉米饼
客人的包袱里
带着去年丰收的蔗糖

睁开眼家中空无一人
但馕坑是温热的
嘴角还留着蔗糖的甜味

也许是梦!

可能就是梦!!

昨晚听到边境上枪声四起

昨晚听到边境上

梦都在流血!

45. 潘杰姆[①]

还记得那些落雨的日子吗,潘杰姆

深邃的山谷中

铁轨

从浓雾中蜿蜒而出

浓雾中我们

像两株相互依偎的树苗

一直坐在那里

讨论着那个旅行者

他本该在前夜到来

但迟迟未到

我们在铁轨上坐了很久

一直等待火车的到来

车到了,却不见他的踪影

你往前走了几步

消失在迷雾中

留下我孤身一人,潘杰姆!

① 拉胡尔·德福·布尔曼(Rahul Dev Burman, 1939~1994)的小名,印度电影音乐编曲人、制作人。

46. 镜子

这面镜子开始说话
只要我从楼梯上经过
它就开始说话，不停地问：
“你的姑娘哪去了
这件外套和领带不搭，看着别扭！”
它对我的挑剔正如我对它的一般
它不停地检查着我的一切
“你的前额越来越宽了
你的眉毛都皱在一起了
你两眼间的距离越来越近了
你额头上的皱纹太深了！”
有时它毫无顾忌地喊着：“伙计你忘了
你放在办公桌右边抽屉里
被遗忘的笑容
就在那个隐秘的文件夹里
记得把那个笑容粘在脸上”

我把这面镜子反过来挂着
它不再说话了，但仍然看得见
它洞悉一切！
它说得太多！！

47. 第三世界

昨晚失火的那个社区
没有我的亲友

男女老少
陷在火海里压在房梁下
没有我的亲友

建了一半的学校被烧成灰烬
所谓的这个社区的未来
都埋葬进废墟瓦砾之中
这个学校
我家没人来上过学
现在也没有
我没有商店
没有家当
远远地看着
那些神秘的手如何点燃了这里

自从看到眼前的情景便心生恐惧
我所在的也是一个进步的社区
有些人就是不喜欢这些进步！！

48. 让我做这些小事吧

让我做这些小事吧

当垂在胸前的项链坠反了
让我用手
把它正过来

当耳环绞进凌乱的长发
笑着抱怨说：
“哎呀好疼！帮我拿出来！”

当脚缠进长裤
当头巾被门勾住
一个眼神就够了

说声“请”当然好
只需要一个笑容
仅仅是一个笑容

让我做这些小事吧！

49. 如此平坦笔直

看，这条路多么平坦笔直干净
没有树枝的阴影，没有路障的阻拦

没有四目交汇，没有熙熙攘攘
没有坑坑洼洼阻人去路
一目千里，什么都没有

几行足迹，偶尔交织
短暂地同行几步
继而各奔东西，嘴里念着
带着自己的孤独前行吧，寂寞，孤独
这里没有同行者，一个也没有
看！这条路多么平坦笔直干净

50. 将《古兰经》捧在手心

虔诚的盲人将《古兰经》捧在手心
放在嘴上，用眼亲吻
低下额头虔诚地碰触
读不出词句，用身体感知
我惊讶地走过
我惊讶地驻足

今日我亲吻你的手抚摸你的手
那些读不出的词句，也让我感触良深

51. 法塔赫普尔·西克里[1]

风每次吹过网窗
骤然被切断
就像飞翔的鸟儿撞落
呼啸不止

时到今日法塔赫普尔·西克里的网窗中
仍常有风呼啸的声音
宫殿中回荡着被囚禁国王的啜泣声
有时是达拉[2]，有时是沙·贾汗[3]，啜泣声不绝于耳

52. 时间（二）

蒙上时间的双眼，玩着捉迷藏
黑夜白日，月亮和我
茫茫宇宙中不知为何停下脚步
我远远地坠落
如在光芒的反射中阴影立现

在我觉得就要赢的时候……
时间喊道："抓到啦"，睁开眼睛抓住了我

---

① 法塔赫普尔·西克里（Fatehpur Sikri），印度北方邦城市，曾为莫卧儿帝国（Mughal Empire，1526~1857）都城。

② 达拉（Dara），指印度莫卧儿帝国皇帝沙·贾汉（Shah Jehan，1592~1666）的长子达拉·舒科（Dara Shukoh），曾被其弟奥朗则布（Aurangzeb，1618~1707）囚禁并杀害。

③ 沙·贾汗，印度莫卧儿帝国皇帝，泰姬陵（Taj Mahal）的修建者，曾被其子软禁在阿格拉堡（Agra Fort）一间能够看到泰姬陵的房间里。

53. 自杀

只是一次争吵
恶言相向如玻璃破碎之声
碎渣飞溅上所有东西
视线、话语、声调、头脑和呼吸中
为了结束一段关系……看看都干了什么！！
那夜有人从地上捡起一枚声音的碎片[①]
割断了脉搏
悄无声息
没有惊醒任何人！

54. 别离

如同琴弦“砰”地应声而断
如同手指“噌”地被丝线划破
如此在心中重重地一击
扯断了对你的视线

你离开的时刻，唉，多么痛心的时刻

55. 梦

我常做同一个梦
你的纱丽中放着我家的钥匙

① 指争吵时的恶言恶语。

每次来时牵着我的手
收拾着家里的东西

你在我身边，在我家里，常伴我侧，“苏努”[1]
好几次看见你在桌上摆放鲜花
把我从床上唤醒
来来回回，又听到你的脚步声

你哼着歌儿走出浴室
将湿发上拧下的水滴
洒在我脸上
调皮女孩“苏努”
有时躺在地板上和我生气
有时哄着我从地板上起来
有时玩牌时和我吵架
有时吵架时又说只是个游戏
然后把我拥入怀里……

啊……这个梦啊……我的梦啊……我的梦
你知道吗？我一做这个梦
就再也难以入眠

① 女性名字。

56. 城市

打开拘谨的双臂
轻轻亲吻睡梦中抖动的睫毛
拨开散落唇上的发丝
在你耳际缓缓低语
呼喊你的名字把你唤醒“娑娜[1]，啊，娑娜”

当你慢慢睁开双眼，那时
远处水平面上黎明也睁开了双眼
清晨就要来了!

57. 来，再吟首诗吧

来，再吟首诗吧
再次抚慰伤痕的红肿的双眼
再次切割刺痛血管的手术刀
或是在某条忘却的道路上转身
叫住某个同名者的名字
来，再吟首诗吧!

58. 美丽的彩纸

将美丽的彩纸
做成漂亮的装饰
将女神的塑像

---

① 女性名字。

沐浴在安息香中

家就变成了寺庙

一旦你在花瓶中插入

盛放而甫将凋谢的花朵

一旦呼吸中夹杂进

人生甘苦

我们就把寺庙变成了家

59. 自画像

从来没想过叫什么名字

有人称呼我“尊敬的”

有人喊我“听着先生……”

朋友则叫我“哎你……”

人们想到什么

就怎么称呼我

突然在一个转角处

你唤我“古勒扎尔”[1]

仿佛贝壳中闪现的珍珠

我找到了人生的意义

啊！这迷人的名字

就叫我这个名字吧！！

① 古勒扎尔 (Gulzar)，诗人的笔名，意为“花园”。

60. 等待

阳光似被清洁工清理干净
鸟儿飞向家的方向
黄昏如睫毛遮盖了苍穹
黑夜掩盖了缤纷的色彩

在门前点燃一盏灯
你如果回来
不要忘了这扇门

61. 蓝蓝夜幕下的拱顶中

蓝蓝夜幕下的拱顶中
谁在混奏着曲调

河水像玻璃般清澈地鸣响
每当冲击岸边
声音持久地回荡

片片烛光眨着眼睛看着
灯笼哼唱着
晶莹的水滴也欢歌着

我耳中荡漾着你的声音

62. 等待

太阳的尘埃被清扫收集
鸟儿归巢
傍晚如睫毛般从天空盖下来
夜晚降临将所有色彩遮蔽

门前点起烛光如吉祥志般
你如果归来
莫忘了这扇门!

63. 一句诗

一句诗
一整天随着呼吸若隐若现
就到嘴边却不肯成篇
想要咬住却伤了嘴唇
吐不出咽不下
就像卡在喉中的玻璃渣

一句诗随着呼吸若隐若现

64. 夜

躲在篱笆后
躲在繁茂的树丛后

躲在城里的墙上
躲过毒蛇后出现的夜晚
手中攥着月亮般闪亮的半个卢比
从家中跑出来要去哪个集市
啊！这可怜的小小的稚气的夜晚

心有所动就牵上他的手
带去清晨的早市，买玩具给他

65. 喜悦的泡沫飞舞着

聚光灯下喜悦的泡沫飞舞着
五颜六色的气泡上绽放着喜悦的脸庞
高高抛洒着喜糖
嬉笑着逗着迎亲的队伍说回去吧
眼中充满笑容
嘴中笑声洋溢

对，眼中若有泪珠开始涌出
甩在地上用脚踩碾
这鲜活的泪珠就是对嫁妆的哀求！

二、三行诗 19 首

1. 每天

每天月亮在夜空升起
从白天到黑夜
手掌般的距离却要行进一生

2. 手势

盘旋而去的鸟只能隐约看到
在枝杈间长久挥动的手
是为告别，还是为召唤前来

3. 何为死亡……

怎能知晓何时何地邂逅死神
也罢，反正我害怕活着
何为死亡？总归要死的

4. 夜晚枝头上

昨夜，枝头上
熟透的月亮摇摇欲坠
待太阳出来，寻一寻她吧

5. 伽立布这般祝福我们

伽立布这般祝福我们
平安幸福一千年
这年却只能以日计量

6. 来，戴上眼镜

来，戴上眼镜
看看自己的脸
灵魂，有谁能看到吗

7. 来到我面前

来到我面前，看着我，说说话
笑一笑，为了从前的相识

昨天的报纸，看过了，就收起来吧

8. 土地是他的，土地的财富也是他的

土地是他的，土地的财富也是他的
全都是他的，家也是，家里的人也是

告诉真主，让他也到他家去

9. 有人等待，有人离别，有人相聚

有人等待，有人离别，有人相聚
昨夜月亮船中有很多人

却没有人期待黎明

10. 改变

曾经路过森林，盼望何时遇到居民区
如今在居民区看到几棵树，难掩失落

看到墙上的绿色才记起，曾经这里是森林

11. 一样的家

一样的家，一样的人
在陌生的城市毫无陌生的感觉

一样的伤痛，一样的联系

12. 日夜与之分离

日夜与之分离
犹如珠链断裂

是你使我完整

13. 米尔[①]曾描绘过你的嘴唇

米尔曾描绘过你的嘴唇
“如一片玫瑰花瓣”

若谁能形容你的声音，就可称为伽立布了

14. 日落

日落，壁龛中燃起一张面孔
火焰如新生的伤口般鲜红

燃烧的蜡烛上蜡油熔化滚落[②]

---

① 米尔·德基·米尔（Mir Taqi Mir，1722~1810），乌尔都语抒情诗大师，被尊为“乌尔都语诗圣”。

② 本诗描写了太阳西下，壁龛中点燃着一支蜡烛，映衬着看着壁龛的一张脸庞的一幕。诗人将蜡烛燃烧熔化时滚落的蜡油比作脸庞上滴落的泪水，滚烫灼心。

15. 要去你的城市

要去你的城市
路上万水阻隔
你却烧毁了所有的桥

16. 马戏团的帐篷搭起来了

马戏团的帐篷搭起来了
秋千荡来荡去
头脑永不得闲

17. 欢聚离别后

欢聚离别后总会相会
有趣的故事都在转折后
哪有永远的离散

18. 慵懒的阳光迟迟不至

慵懒的阳光迟迟不至
冬日里在屋顶长睡不醒
希望早已支离破碎

19. 不是我们在转，也不是路在转

不是我们在转，也不是路在转

时而下降，时而上升

我已低如尘埃，你缘何高高在上

三、抒情诗19首

1. 满怀心事

满怀心事，消磨一夜
孤独月夜，漫漫无期

梦中自语，喋喋不休
如音坠井，癫狂回荡

砰砰心跳，形同间谍
追踪阴影，恐惧背叛

无边寂静，遮掩试听
漫天黄沙，从不孤独

星空似野，弯月如镰

孤独之夜，就此别离

2. 有时嘴唇花般绽放

有时嘴唇花般绽放
有时言语馨香四溢

有时不停斟酌词句
有时需要揣测语气

都知感情无以定价
有时仍问无价何价

夜夜倚窗度过
有时喜有时忧

人心有如情谊
有时徘徊不定

3. 小说中遇到芬芳之人

小说中遇到芬芳之人
不经意读到陈年旧信

故事中无论是谁
遍遍读来苦中作乐

用手丈量黄昏的影子
月亮为何迟迟不来

黑夜还要停留
阳光仍未洒落

谁敲响了我的心房
谁的脚步在空旷中回荡

我们已前往下个路口
他们或许倾尽一生也难以到达

4. 莫名微笑的月亮

莫名微笑的月亮
藏着什么小计谋

不知从哪条小巷升起
羞答答前来的月亮

脸上抹了多少香粉
粉尘飘散飞舞的月亮

悄悄坐上树梢
逗弄园丁的月亮

升起在清澈的天际
爬升在头顶的月亮

触摸着太阳的温暖
阳光中肆意玩耍的月亮

唤醒了整个村庄
黄昏起开始吟唱的月亮

5. 疼痛轻微，呼吸沉重

疼痛轻微，呼吸沉重
生命仍将继续

你走后的每一刻
仍与你一同度过

将黑夜裹上月光
脱下白日的披肩

树枝间谁在哈哈大笑
打破了花圃中的寂静

昨天流传的是你的故事
今天则是你我的传奇

6. 若让我坚定地坐在黑暗中

若让我坚定地坐在黑暗中
那就让我像灯盏般燃烧

没有光芒追随于我
当我熄灭自己的火焰

主啊，身体如此疼痛
索性让我在绞刑架上小憩片刻

辛亏由你带来的苦痛如影随形
否则生活也会让我哭泣

7. 谁静静地受伤

谁静静地受伤
生命如诗一般

鲜血涌出伤口
伤痕如诗一般

狂欢中一人的孤独
孤独似一人的狂欢

脚踏着自己的身影
身影和脚掌倍感柔软

起来为月亮把脉
夜的呼吸如此灼热

必须要活下去
死亡却近在咫尺

8. 每次都要忍耐

每次都要忍耐
无数次如此

你习惯性承诺
我们习惯性相信

我们在你的路上
独自驻足等待

主啊，我们不再祈求生命
这样的苦难一次已足够

9. 身影在浓雾中依稀可见

身影在浓雾中依稀可见
呼唤也不回头

这里的天空被金黄色晕染
有人放着风筝，线时而交缠

那些从树上飘落的黄叶
顺着水流要飘向何方

年迈的榕树颤颤巍巍
捡拾掉落眼前的根茎

低下头在圣墓中祈祷
已经来的转身后不要再走

10. 提到我的小说

提到我的小说
如打开图书馆的大门

蹑手蹑脚走进寂静之中
如心中浮现别离的恐惧

水泡浮浮沉沉

超脱于时间之外

我精心修饰语言
用这般甜蜜的方式诉说

路上何必拦人询问
自己尚不知何去何从

11. 每当眼中涌出泪水

每当眼中涌出泪水
人们沉浸其中

久久期待黎明
只有些微脚步声，几缕讯息

即使月亮届时消失
我会面对所有指责

一些烛火已燃尽
仍有一些艰难地挺到黎明

地球在转动中变换了模样
我们也要从宇宙中归来[1]

① 指黑暗变换为黎明后，我们也从黑暗中走出，从自我的思想中走出。

12. 人生如此 孤独前行

人生如此 孤独前行
商队在畔 旅途独行

漫漫长夜 星空作伴
藉此消磨 几多孤单

独裘孤枕 形单影只
如此孤单 恍然一世

溺水之人 已达彼岸
孤独足迹 有谁得知

天青日白 离群索居
夜阑人静 独自入眠

曾几何时 期望远方
不知何往 何处孤单

13. 担忧害怕地活着

担忧害怕地活着
不知为何心灰意冷

眼中青苔密布

万物苍翠阴冷

看到的刹那迅速起身
一地焦枯，所剩无几

脑中空白一片
久久木然跪坐

爱中别无他物
人们好似癫狂

14. 当心忧郁之时

当心忧郁之时
不知谁在身畔

眼睛与眼睛相识
苦痛的脸庞相知

眼中不会一直滴雨
乌云却常年笼罩

就像树皮是坚硬的
但指甲下是柔软的血肉

据说伤口是心的首饰

痛苦是心的衣装

人被突如其来的爱情捕获
正如蛇伺机而动

您只要施予一丝仁慈
便将收获更多回报

15. 傍晚眼睛湿润

傍晚眼睛湿润
今夜无你相伴

请你将我们埋葬
呼吸尚存，脉搏微弱

眼神仿佛石化
睫毛已然结冰

时间如人
从不停留

来，就此别过
这是共同的需求

关系早已不复

总要理解接受

眼睛不知为何湿润
声音也凝结着露珠

16. 微热的尸体跌落城墙

微热的尸体跌落城墙
秃鹫遮天蔽日

寂静如升起的绞刑架
人们闻讯纷至沓来

耳中的闲言碎语
如雪崩震耳欲聋

声音轰隆回响
传至千里之外

我心干渴难耐
紧盯池水难以挪移

人们不断更换肩膀前进
千辛万苦到达渡口

17. 提到杰赫勒姆，念的是迪纳

提到杰赫勒姆，念的是迪纳
黄宝石般璀璨的月，羊绒般温润的夜

细碎的月光倾泻大地
黑夜竭力捡拾缝补

我们已被忽略蔑视
再也不愿面对镜子

痛苦似将长存
用爱抚慰伤痕

彼时的痛苦无日不在
生活仍将继续前行

18. 欢欣雀跃

如此欢欣雀跃
听到你的声音

只需一句解释
一切冰释前嫌

或许准备离开那里

爱人给予无限自由

在他的眼中度过几个世纪
他却给了几个世纪的孤独

云淡风轻
心无旁骛

整夜什么在火中燃烧
看起来如此美艳动人

19. 眼中燃起不可熄灭的烟雾

眼中燃起不可熄灭的烟雾
乌云般涌起，无法浇灭

一眨眼间，无以阻挡
浓烟滚滚，无法熄灭

眼中一直饱含泪水
客人来此却难以感受

不用点燃火炉，因居民区正在燃烧
烟雾并非刚刚涌起，已然许久

在空中画出几道黑线

这愤怒疯狂的烟雾

擦拭眼睛发现火的踪迹
缠绕着脸庞无所遁形

我心中的火花骤然熄灭
引风吹火，烟雾不再飞翔

短篇小说

穿越拉维河[1]

不知道德尔申·辛格为什么还没疯？父亲死于家中，母亲在锡克寺庙的废墟中走失，萨赫尼一下子又生下两个孩子—— 一对孪生兄弟。德尔申·辛格不知道自己该哭还是该笑，命运和他做了一场得失参半的交易。

听说自由即将来临，他们却不知道何时能够到达莱亚尔普尔[2]。印度教徒和锡克教徒都在悄然向锡克寺庙聚集。萨赫尼因疼痛呻吟了整整一天，还有一天就要临产了，这是她第一次分娩。

德尔申·辛格每天都带回骚乱的最新消息。父亲安慰他说："孩子，没什么，不会有事的，到现在为止有哪个印度教徒或锡克教徒家庭遭到袭击吗？"

"锡克庙不是受到袭击了吗，爸爸？已经有人两次在那儿蓄意纵火了。"

---

① 拉维河（Ravi），印巴地区重要河流，是印度河的主要支流之一，发源于印度喜马偕尔邦，后流入巴基斯坦。

② 莱亚尔普尔（Layalpur），今巴基斯坦旁遮普省城市费萨拉巴德（Faisalabad）的旧称。

“那你们还想去那儿集合？”

德尔申·辛格沉默了，但周围的人都已离开家前往锡克庙聚集。

“爸爸，人们聚在一起会觉得安全。咱们这儿现在已经没有印度教徒和锡克教徒了，只剩下咱们了！”

十多天前的一个晚上，院子里传来父亲跌倒的声音，所有人都被惊醒……

远方，锡克庙方向传来“诵其名，享安康”[①]的声音。父亲听到后起身，登上楼顶查看情况，下楼梯时不慎滑倒，一头栽在放在院子里的锄头上。

德尔申一家为父亲举办了葬礼，之后把所有值钱的东西塞进枕头，三人逃往锡克庙躲了起来。那里聚集着惊恐不安的人群，人多力量大，德尔申·辛格不再害怕，他说：“我们不再孤独，即便没有其他人，古鲁[②]也与我们同在！”

年轻的志愿者们整日不停地忙活，人们把家里的面粉、豆子和酥油全都拿了出来，公共餐堂[③]日夜不停地运转。但这什么时候是个头？每个人都在思索这个问题，人们希望政府能够尽快提供一些援助。

“哪个政府？”有人问道，“英国人已经走了。”

“巴基斯坦已经成立，但巴基斯坦政府现在还没有组建起来。”

“听说有支部队在四处巡逻，护送难民们到达边境。”

“难民？难民是什么？”

“避难者。”

---

① 锡克教认为，念诵祖师“古鲁”的名号可以受到庇护。口号中的“其”代指“古鲁”。

② 古鲁（Guru），锡克教祖师。

③ 公共餐堂（Langar），锡克教徒在一起进食的地方。锡克教为破除印度教种姓制度，宣传平等思想，建立了共餐制度，即所有锡克教徒不分高低贵贱在同一地方进食。

“以前从来没听说过这个词。”

有两三家人再也承受不住巨大的压力，离开了锡克庙，“我们要出发去火车站，听说列车已经重新运行了，我们要在这儿等到什么时候呢？”

“我们得勇敢点！古鲁不能把我们驮走吧？”

又有人援引古鲁的话说道：“信仰古鲁的人，古鲁将带他到达彼岸。”

人们离开后腾出的空间总是很快被四面八方赶来的人填满，他们也带来了外界的信息。

“车站那儿有一个很大的营地。”

“有些人活活饿死，而有些被撑死，疾病四处传播。”

“五天前，有趟火车从这儿经过，车上人满为患，车顶上挤得全是人。”

桑格拉提[①]的清晨，锡克庙里整日回响着诵经的声音，萨赫尼在吉祥之时产下一对双胞胎男孩，其中一个出生时已经十分虚弱，存活下来的希望渺茫，但萨赫尼使尽浑身解数保住了他的生命。

就在当晚，有人喊道：“运送难民的专车来了！我们快离开这儿！”

一大群人离开了锡克庙，德尔申·辛格也一样。萨赫尼十分虚弱，但为了儿子，她做好了离开的准备，而他们的母亲则拒绝离开。

“孩子，我会跟上的，我跟着下一拨人一起来，你照顾好儿媳和孙子，快走吧！”

① 桑格拉提（Sankranti），指太阳从黄道一个星座移至另外一个星座的时候，全年共有 12 个桑格拉提。

德尔申·辛格一再坚持，《格兰特》[1]学者也来劝她。志愿者们前来安慰德尔申：“先生，快离开吧，我们都会分批到达边境的，阿姨和我们一起走。”

德尔申·辛格只得和其他人一起离开。他把孩子们放进一个带盖子的柳筐里，把它顶在头上出发了，仿佛那是他的全部家当。

火车停靠在车站，但车里早已没有位置，人们像稻草一样铺在车顶。然而，当看到瘦弱的母亲萨赫尼和一对可怜的新生儿后，人们都立刻起身，在车顶为他们腾出空间。

大约十小时后，火车轻微地摇晃了一下，驶离了车站。傍晚的天空红得发紫，如鲜血染过一般，烤得人脸泛出红光。萨赫尼的奶水已被吸干，她刚把一个孩子放下，就抱起另一个。用破衣烂衫包裹着孩子的两个襁褓，就像从垃圾堆里捡出来的一样……几个小时后，火车驶入茫茫黑夜。德尔申·辛格注意到，一个孩子不停晃动四肢，并不时传来哭闹的声音；而另一个则静默无声，德尔申把手伸进包裹才发现，孩子不知何时已经全身冰凉……

德尔申·辛格失声痛哭，周围的人也意识到发生了什么，他们想从萨赫尼那里把夭折的孩子抱过来，但她早已僵在那里一动不动，把篮筐死死地抱在怀里。

“不，没有兄弟在，另一个也不会吃奶的。”尽管做了很多努力，萨赫尼仍然抱着篮子不愿松开。

火车走走停停。

人们在黑暗中不断猜测。

---

①《格兰特》（Granth），全名《古鲁·格兰特·萨赫卜》（Guru Granth Sahib），锡克教的宗教经典。

“我们已经过了海拉巴德[①]。”

“这是古杰兰瓦拉[②]。”

“再要一个小时，过了拉合尔[③]我们就到印度斯坦了！”

兴奋的人们甚至开始呐喊起口号：

“摩诃提婆[④]万岁！”

“诵其名，享安康！”

列车晃晃悠悠地驶上一座大桥。

“我们到拉维河了。”

“拉维河？到拉合尔了！”

尖叫声中，有人在德尔申·辛格耳边低语道：“萨尔达尔[⑤]先生，把孩子抛入拉维河吧，他会得到解脱的！你又何苦把他带到另一边呢？”

德尔申·辛格小心翼翼地将篮筐拿到一边，迅速举起里面的包裹，念诵“古鲁”之名后将其抛入拉维河。

黑暗中传来孩子微弱的声音。

德尔申·辛格惊恐地看向萨赫尼。

萨赫尼怀中紧紧地抱着死去的孩子。

又一波欢呼之声响起：

“瓦格赫[⑥]！瓦格赫！”

---

① 海拉巴德（Khairabad），印度北方邦（Uttar Pradesh）城市，距离北方邦首府勒克瑙（Lucknow）约80公里。

② 古杰兰瓦拉（Gujranwalla），巴基斯坦旁遮普省（Punjab Province）城市，距离旁遮普首府拉合尔（Lahore）约80公里。

③ 拉合尔（Lahore），巴基斯坦旁遮普省首府。

④ 摩诃提婆（Mahadev），又译为“大自在天”，是印度教三大主神之一湿婆的名号。

⑤ 萨尔达尔（Sardar），本意为“头领、领袖”，指裹头巾的人，多用于对锡克教徒的尊称。

⑥ 瓦格赫（Wagah），巴基斯坦旁遮普省的一个小镇，位于印度与巴基斯坦边境。

烟

事情发展缓慢，但眼见着烟瞬间飘满了整个村庄。

乔特里于凌晨4点钟去世。乔特拉因恸哭到7点才回过神来。她马上派仆人去请阿訇海鲁丁，并要求他不得向阿訇透露半句。仆人把阿訇领进院子后，乔特拉因带他到了楼上的卧室。乔特里的尸体被放置在卧室地板上，两条白色床单之间，略微苍白的脸颊，雪白的眉毛、胡子和头发，脸庞被映得发光。

阿訇一见到尸体就念诵道："我们确是真主所有的，我们必定只归依他。"[①] 之后他安慰了乔特拉因。没等阿訇坐稳，乔特拉因就从柜子里拿出乔特里的遗嘱给他看，乔特里的遗愿是火化遗体而非土葬，之后把骨灰抛撒在村里那条滋养着这片土地的小河里。

阿訇读完遗嘱后沉默了。乔特里在本村宗教领域发挥了重要作用，做出过巨大贡献，他慷慨捐助印度教徒和穆斯林，出资加固村中的清真寺，还派人修建了印度教的火葬场。即便在生病的几年中，

① 原文为阿拉伯语，译文出自马坚译：《古兰经》，中国社会科学出版社，1981年，第17页。

他每年斋月都会亲自为穷人准备开斋饭，当地的穆斯林都是他虔诚的追随者。而现在，阿訇读完遗嘱后惊讶万分，生怕会引起什么骚乱。最近国内的气氛已然十分紧张，印度教徒和穆斯林都变得更加极端！

乔特拉因说道："我不奢求什么仪式，只求你们安排火葬场把他火化掉。我本来可以通知拉姆·钱达尔·潘迪特，之所以没有那样做，是不想出什么差错。"

祸从口出。阿訇海鲁丁将拉姆·钱达尔请来，善意地告诫他说："你可千万别同意在火葬场火化乔特里，否则，当地的穆斯林可能会找麻烦的。乔特里毕竟不是普通人，他与很多人都有着千丝万缕的联系。"

拉姆·钱达尔·潘迪特向阿訇保证，他不愿看到本区发生任何暴力事件。在事情传开前，他会向相关人士解释清楚。

事情发展缓慢，但点燃的火苗却慢慢燃烧起来。

"这不是乔特里和乔特拉因的事情。这事关乎信仰，是整个民族、群体和宗教的事情。乔特拉因哪里来的胆子，竟敢想火化她的丈夫，难道她不知道伊斯兰教义吗？"

一些人坚持去见乔特拉因。乔特拉因耐心地解释说："兄弟们，这是他最后的愿望。现在无论土葬还是火化，这已然是一具尸体，如果火葬能让他的灵魂得到安慰，你们为什么要反对呢？"

有人愤怒地喊道："把他火化掉你能安心吗？"

"能。"乔特拉因的回答言简意赅！"只有完成他的遗愿我才能安心。"

随着时间的推移，乔特拉因愈发焦躁不安。她原本想要简单处理的事情现在已变得复杂万分。乔特里先生遗愿的背后没有任何复杂的阴谋、故事抑或秘密，也没有任何与某种宗教或信仰联系在一起的哲学思想，那只是一个人单纯的愿望，希望自己死后不留下任何印迹。

“在世则罢，去世就随风而去吧。”

多年之前，乔特里就对妻子说过这句话。人在世时怎么会认真对待这种事情？而乔特里却把它写进了遗嘱。现在人已离世，完成他的遗愿成为妻子乔特拉因对丈夫爱与信任的体现，即便一个人从你眼前消失，你也不会忘记对他的所有承诺。

乔特拉因尝试派比鲁去请拉姆·钱达尔·潘迪特，但他压根没露面。拉姆·钱达尔的同伴对比鲁说：“兄弟，火化他之前，我们要念诵经文，而且必须给他点上提拉克[①]。”

“喂！兄弟，人都死了，现在怎么改变他的信仰啊？”

“你别说了，不念诵《薄伽梵歌》[②]相关章节的话，我们是不会火化乔特里的。如果这样做，他的灵魂就不能得到解脱，如果没有得到解脱，他不安的灵魂就会折磨我们所有人，你我都逃不掉。乔特里先生对我们有恩，我们不能让他的灵魂无处安身。”

比鲁无功而返。

比鲁从潘迪特家出来时恰巧被本纳看到，本纳来到清真寺告诉了大家这个消息。

经过闷烧，本已开始冷却的火焰再次燃起。四五个可靠的穆斯林最终决定：乔特里对他们有恩，他们不会让乔特里的灵魂无处安身，于是决定在清真寺后院的墓地里挖掘一座坟墓。

---

① 提拉克（Tilak），印度教徒为表示所属教派或进行某种宗教仪式时在前额上涂画的标志。

② 薄伽梵歌（Bhagavatgita），印度史诗《摩诃婆罗多》第 6 篇《毗湿摩篇》中的插话，后成为独立的印度教经典。

傍晚，一些人再次出现在乔特里家门口，他们决定逼迫乔特拉因交出乔特里的遗书并将其烧毁。没了遗嘱，看那老妇怎么办！

乔特拉因似乎看穿了他们的企图，她把遗嘱藏了起来。当人们试图威胁她时，她说道："你们去问阿訇海鲁丁，他读过遗嘱。"

"如果他否认呢？"

"如果他把手放在《古兰经》上还否认的话，我就让你们看，否则……"

"否则怎样？"

"否则你们就在法庭上看吧。"

很显然，这件事可以交给法院，乔特拉因可以从城里请来律师和警察，当警察在场时火化丈夫的遗体。谁知道呢？她可能已经这么做了！不然谁会把丈夫的遗体放在冰板上，自己却在这里如此自信地讲话呢？

深夜，传言四起。

有人说："我刚刚看见有人骑着马去城里了。骑马的人用头巾蒙住了头和脸，就是从乔特里家的方向过来的。"

也有人看见骑马人从乔特里家的马厩离开。

哈都则说，他不仅听到乔特里家后院传来劈木头的声音，还看到有树被砍断了。

毫无疑问，乔特拉因一定是在后院准备用来火化丈夫遗体的木柴堆。

伽鲁怒火中烧，说道："懦夫！一个穆斯林今晚就要被火化了，而你们所有人就坐在这儿看火焰吗？"

伽鲁走出住处，如果屠杀是他的职业，那么还有一种东西叫作信仰。

“兄弟们，同信仰相比，母亲也不再显得亲近。”

带上四五个同伴，伽鲁从后墙翻入了乔特里家的院子。老妇人独自坐在丈夫的尸体旁，还没等她反应过来，伽鲁的斧子就劈向了她的头颅。

他们抬起乔特里的尸体，走向清真寺的后院，那里已经准备好了一座坟墓。走着走着，勒穆扎问道：“早上乔特拉因的尸体被发现了怎么办？”

“那女人死了吗？”

“脑壳都劈开了，还能活到早上？”

伽鲁停下来，朝乔特拉因的卧室看去。本纳马上明白了伽鲁的顾虑。

“老师您走吧！我知道您担心什么，我来办！”

伽鲁继续向墓地方向前进。

夜晚，熊熊火焰从乔特里的卧室向外蔓延，整个村庄都被烟吞没了。

生者火化，

死者入土。

把她嫁出去[1]

那时玛尔媞还年轻。

院子后面是一片海湾，海水每天早晚随潮涌入。白天涨潮时，纺织厂的货车会把洗衣工和成捆的衣服丢在海岸边，洗衣工们像出笼的母鸡一样在海滩上四散开来。司机拉姆纳特总会用独特的方式按三次喇叭，“哔哔！哔哔！哔哔！”

玛尔媞对妈妈说：“妈妈，我能去找茜拉吗？”

“怎么搞的！这都快中午了，你还要去找茜拉！”

“妈……妈……”

“行行，去吧，别烦我！”

罗陀[2]会陶醉于笛声，载歌载舞地来到黑天[3]身旁。拉姆纳特则

① 标题字面意为“把手染成黄色”，指印度女性结婚时在手上涂抹用植物染料制作的曼海蒂（Mehandi）。

② 罗陀（Radha），印度神话中黑天的情人。

③ 黑天（Krishna），印度神话中毗湿奴大神（Vishnu）的主要化身之一，在印度信徒众多。

驱车带玛尔媞来到叶木拿河[1]岸旁一条僻静的小路。

“母鸡们”时不时会抬起头看看，发出“咯咯”的叫声，之后再次四散在海滩上。一个洗衣工羡慕地看着他们俩，另一个则假装摔倒在地，高声唱道：“为了一个城市姑娘，他竟忘了喝酒。”

玛尔媞躺在车里，把头埋在拉姆纳特的怀中。

“你知道昨天听到你的鸣笛声，妈妈说什么吗？”

“什么？”

“她说：‘一点半了。’我问她怎么知道？‘后面那些洗衣工每天都一点半前后到达，那司机每天都这样按喇叭。’”

拉姆纳特大笑道：“跟妈妈说，有一天我会用乐队弹奏代替汽车鸣笛，出现在你们面前。”

同往常一样，两三个小时后，拉姆纳特把玛尔媞送回了家。

“母鸡们”抬头看了看，发出“咯咯”的叫声后又投入到工作中。玛尔媞回到家，打扫了厨房，在爸爸吃完饭后帮他准备好了水烟。妈妈开始给爸爸按脚，玛尔媞躺在床上等待涨潮。

夜晚涨潮时，海水涌入海湾。海浪的咆哮声越来越近，仿佛在玛尔媞上方翻涌不停，床也似乎开始在海水中漂浮不定。“漂洋过海”后，玛尔媞来到了一个未知的小岛，睁开双眼，却还是那个厨房、父亲、水烟，还有妈妈。她机械地重复着这些工作，然后开始再次等待涨潮。

“哔哔！哔哔！哔哔！”

“妈妈，我能去找茜拉吗？”

“怎么搞的！”

---

① 叶木拿（Yamuna）河，又称朱木拿（Jumuna）河，恒河的重要支流，发源于喜马拉雅山脉。

“妈……妈……”

“去吧！”

罗陀再次奔跑着投入黑天的怀抱。

一天，玛尔媞依旧一路狂奔，来到拉姆纳特身旁，但她身后则传来了一声尖叫：“玛尔……媞……”

玛尔媞闪电般地与拉姆纳特分开。妈妈就站在面前，她抓住玛尔媞的头发把她拽回了家。留下拉姆纳特如雕塑一般，坐在那里一动不动……

当晚，玛尔媞躺在床上大哭不止，父母则耳语到深夜。玛尔媞只听到一句话：“女儿已经长大了，找个好人家把她嫁出去吧。”

每位母亲都这么说。这句话不断地回响在玛尔媞的耳边，她把头埋在枕头里啜泣了整整一个晚上。

那晚，院子里还发生了一件事。深夜，一个“小偷”翻过后墙进了院子，恰巧被门卫看到。人们抓住他痛打一顿，之后把他交给了警察。两天后，那个人死在了警局，而警察掩盖了整件事。那些去过警察局的人则称，那个“小偷”就是司机拉姆纳特，他是去见玛尔媞的……

水流的能量巨大，流水可以改变海岸的样子、河流的走向，连海中的小岛都呈现出新的模样。院子后面的海湾已离院墙越来越远，院子里的大部分居民早已搬离，周围的环境也有了翻天覆地的变化。但玛尔媞仍然住在这里……和她的三个孩子一起，大女儿乐达、小女儿莱拉和儿子拉朱。转眼间她已不再年轻，丝丝白发爬上了她的鬓角。

纺织厂早已关闭。但即便是现在，当海湾被海水填满时，仍会有其他纺织厂的货车来到这里，悄然无声，郁郁寡欢，仿佛它也变老了。洗衣工背起一捆捆衣服，四散在海滩上……

玛尔媞的父亲已经离世，母亲也气息奄奄。她的丈夫比申达斯坐在家里，嘴里叼着土烟，用金丝线缝制着衣服。比申达斯做工累了，就亲切地呼唤道：“乐达……”

“她简直一无是处，整天就知道睡觉，好像在学校要她犁地一样。”玛尔媞说话的口气已经很像她的母亲了。

“哎，你生什么气啊？孩子嘛，没事睡睡，碰上事情哭一哭，也就长大了嘛！乐达！”

“来了，爸爸。”

“孩子，去给我做杯茶。”

乐达揉着眼睛走进厨房，做好茶端了出来。

乐达是个聪明的姑娘，比申达斯和玛尔媞都以她为傲。一次，周围的邻居传谣，说乐达往返学校时经常在街角和杂货店老板的儿子会面。玛尔媞严肃地指责了街坊，后来便没人敢再作声。玛尔媞确信女儿甚至不会抬眼看哪个男生，和男生见面就更不可能了。

“哔哔！哔哔！哔哔！”正在端饭的玛尔媞突然定住了。

一时间，曾经的情景重现在玛尔媞的眼前，她呼吸停止，双眼呆滞。

“怎么了？”比申达斯的声音回荡在她耳边。

玛尔媞朝外面看了一会儿，货车的鸣笛声再次响起。

“哔哔！哔哔！哔哔！”

玛尔媞转身跑进里屋，看到乐达在床上睡得正香。

玛尔媞长出了一口气。

“怎么了？”比申达斯问道。

“没什么，”她边端饭边说，“没什么，我在想，女儿已经长大了，找个好人家把她嫁出去吧。”

账本

迪纳·纳特先生为儿子瑟尔文·库马尔和拉姆·库马尔老师的女儿乌霞确定了婚事。

拉姆·库马尔老师十分高兴，在他的培养下，女儿获得了文学学士学位，接受了良好的教育。更了不起的是，当乌霞提出想外出工作时，拉姆也没有反对，而是十分爽快地同意了。他唯一担心的是，女儿有一天会自己选个意中人带回家里，乌霞毕竟还是个小姑娘，孩子们身体的发育并不代表就具备鉴别能力。但乌霞从没给父亲抱怨此事的机会，每当聊到婚姻问题，乌霞都会低下头，十分尊敬地说道："您来定吧，我听您的。"

乌霞工作了三四年，帮家里摆脱了经济困境，但她的"负担"却开始慢慢在库马尔老师的心头变得愈发沉重。来乌霞家提亲的人很多，但最终都没谈成。每家都会给姑娘定个价格，有的要 5 万卢比，有的要 10 万，那些不要现金的家庭，则以儿子的名义向女方索要摩托车或汽车。

"陪嫁黄金和珠宝是对孩子们的祝福，最终，还是您的女儿佩戴它们，这迟早是有用的。跟您实话实说，库马尔老师，哪家不会经历起起落落呢？到那时候，父母给的这些祝福就能派上用场了。"

拉姆·库马尔老师的脑袋像被白蚁蛀空了一样，他不知所措。如果是五千或者一万卢比，他倒是可以借钱应付一下，但这么多嫁妆已经完全超出了他的能力范围。他赚的钱全部花在了乌霞的教育上，唯一剩下的就是他们现在居住的小房子，卖了它倒是能够解决嫁妆问题，但是他们今后住哪儿呢？

直到他突然遇见迪纳·纳特……

迪纳·纳特有一家招牌喷绘店，店面不大，但生意很好。近些日子街道名称不断变化，他在当局的名声特别好，往往稍微活动一下关系，订单就来了。一有新路牌，旧路名很快就会被人遗忘。住宅和商铺需要喷绘的牌子也不少，店里雇了四五个小工。迪纳·纳特的独子瑟尔文·库马尔把生意照看得很好。他从来没有印错过任何一个英文字母，现在还在店里放了一本英语—印地语字典。

拉姆·库马尔老师来喷绘店为学校制作牌匾，在那儿见到了迪纳·纳特。库马尔事先让人把需要喷绘的内容用粉笔工整地写好带到了店里。迪纳·纳特对粉笔字很好奇，便问是谁写的。

"我女儿写的，她以前在学校学过画画。"

"是吗？那她现在在干什么？在上学吗？"

"已经毕业工作了！"

"好，太好了！"

取招牌时两人聊了很久，库马尔老师对迪纳·纳特的观点颇感欣喜。

"我支持女孩子去工作，她们需要走出厨房去看看外面的世界。

我认为，她们要自力更生，不仅要自己站起来，还得用自己的脚向前走，甚至奔跑！你看，如果瑟尔文的妈妈想要从家来店里，我们必须有人去接她，这会花去双倍的费用，这听起来多么老土啊，库马尔老师。”

两人一拍即合。

一天迪纳·纳特来拉姆·库马尔家里喝茶，顺道见了乌霞。

又一天，拉姆·库马尔去迪纳·纳特家吃饭，乌霞也一道前往，两家人见面后相谈甚欢。

又是一天……

迪纳·纳特先生为儿子瑟尔文·库马尔和拉姆·库马尔老师的女儿乌霞确定了婚事，两家人都很高兴。

拉姆·库马尔老师对女儿说：“迪纳·纳特先生的觉悟很高。你说，现如今你到哪儿去找一位这样的公公？他跟我说‘我不要一分钱的嫁妆，你就把女儿平日穿的衣服送来，您女儿在这儿仍有绝对的自由继续工作’。我特别惊讶，他说‘乌霞要想嫁到我家做儿媳，条件就是她必须继续工作，我不需要一个困在厨房里的奴隶’。”

迪纳·纳特则向妻子解释道：“祖宗啊！你这是生什么气？你陪嫁来的黄金还剩下多少？一些用来装饰店铺，一些用来交税了。我们这次弄来的可是活生生的黄金啊！嫁妆和工资全有！她每月赚1400卢比，而且绘画技术很好，这样我们就可以省下店里每个月1200卢比雇佣画工的钱了，不是吗？”

男人

勒玛很担心，肚子已经开始微微凸显。伽布就要从学校回家了，如果他问起来，那……她特别害怕，仿佛伽布不是她的儿子，而是她的丈夫，她不得不向他作出个解释。

不管女人做什么，都不得不向某个男人解释，有时向父亲，有时向丈夫，有时向儿子。当巴赫西开始与康妲约会时，他没有作任何解释。相反，一旦勒玛刨根问底，家里的器皿就会遭殃，巴赫西甚至有时还对她拳打脚踢。也就在那时，家里的氛围变得紧张起来，夫妻二人决定把伽布送去学校寄宿，以免他在破碎的器皿中看到家庭破裂的景象。巴赫西与康妲交往后很快就失去了理智。勒玛知道现在家不成家，事实也的确如此：电话铃声响起……又马上挂掉……之后巴赫西回电……工作不分时间地被安排下来……勒玛明白所有这些“信号”并理解……

巴赫西开始不着家，去办公室只是借口，勒玛总是清楚地知道巴赫西什么时候在哪家酒店。

一年内，勒玛再次回到之前工作的银行上班，仍然不得不作出解释，既要向自己的父亲，又要向巴赫西。巴赫西倒是帮助她劝说父亲，因为他十分清楚，仅靠一人的收入养活两个家庭是十分困难的。

父亲把勒玛单独叫到一边问道："你们俩之间出现什么问题了吗？"勒玛坚定地回答："没有啊，爸爸，每家每户都有些小的家庭问题，但自从伽布去了寄宿学校，我心里就觉得空落落的。"

父亲没再多问，说道："时不时也把伽布送到姥爷姥姥这里吧。"

勒玛和巴赫西说完"是的，一定"后便从坎普尔[1]回到家。

两人都没作任何解释，也没有要求对方解释什么。事情已然清楚明了，又何必解释呢？两人达成协议，决定和平分手。但问题是伽布，怎么跟他说？如何解释他们两人间发生了什么？伽布毕竟只是个9岁的孩子。

勒玛所在银行的经理勒曼·库马尔曾试图让两人冰释前嫌，但没起到什么作用。勒玛知道巴赫西的那种痴狂劲儿，毕竟，巴赫西也曾那样深爱过她。

勒曼·库马尔曾对勒玛说："我理解你为什么哭，但当我看到巴赫西时更加惊讶，我们交谈时，他的泪水哗哗流下来，他从没说过你一句不是，也认识到了自己的错误，或许他是一个特别感性的人吧。"

勒玛知道巴赫西可能会做出一些出格的举动，但这一定不是假装出来的，他不是一个虚伪的人。

不知不觉，离婚手续又拖了一年。

其间，两人时而单独，时而一起去伽布宿舍看望他。假期里，

① 坎普尔（Kanpur），印度北方邦城市，是北印度重要的工业中心。

两人有时会带着伽布离开德里到处转转，而当巴赫西离开德里出差时，伽布就和勒玛待在一起。

伽布能够意识到哪里不对劲，但是凭借他的理解能力，也只能够说出“爸爸已经不像之前那样爱我们了”之类的话语。

“别傻了！爸爸只是工作比较忙而已！”勒玛不想改变伽布那单纯天真的想法，“这不，我也开始在银行工作了。”

离婚后，勒玛想要争取孩子的抚养权，巴赫西没有坚持，同意了。他明白，自己无法向孩子解释康妲的存在，这会对他产生不好的影响。巴赫西会定期去学校看望伽布，但从来没向他提起自己和勒玛离婚的事情。

巴赫西与康妲也没在一起太久。但此后，勒玛没有提出让巴赫西回到自己身边，巴赫西也没有想要回来，隔阂已经产生，是不可能弥补的。那年假期，伽布即将放假回家时，巴赫西被调往距离德里数千公里外的马德拉斯[①]，他可能已经忘记了，单凭勒玛是无法将这台戏继续演下去的。勒玛决定将一切都告诉伽布，他一定会特别痛苦，因为他十分依赖父亲。但勒玛会慢慢为他铺垫，全天和他谈论父亲，晚上，当她告诉伽布时，伽布一定会放声大哭，勒玛会安慰他，哄他入睡……“孩子，妈妈在呢。”

伽布回家了，一来到母亲身边就问道：“爸爸丢下我们走了？妈妈，这是真的吗？”

勒玛再也承受不住，不禁放声大哭。伽布上前抱住母亲，说道：“我在呢，妈妈，你的儿子。”

勒玛惊呆了，她竟然没有发现，自己的孩子心智已然成熟。

今天，伽布时隔两年再次从寄宿学校回家，他已经 13 岁了。

---

① 马德拉斯（Madras），现印度泰米尔纳德邦首府金奈（Chennai）的旧称。

上个假期，伽布和同学一起去了大吉岭[①]。勒玛也和勒曼·库马尔一起出去了几天，她已经好多年没有休假了。这次霍利节[②]期间见到伽布时，她特别想和他谈谈勒曼，但却害怕对伽布产生某些不好的影响，毕竟他还是个孩子！

今天，勒玛从早上起就又不停地思前想后，伽布还没成年，只是个 13 岁的孩子，他看到我的肚子会以为我胖了，他怎么可能知道发生了什么？

但这次，勒玛一定要和伽布谈谈勒曼，或许还要让伽布接受她和勒曼已经偷偷登记结婚的事实。几个月之后也许她还会这样问："你想要个弟弟还是妹妹呢？"

伽布回来后，她整天掩盖着肚子，身着宽松的衣服，围巾也不离身。她为伽布准备着饭菜，盘算着到晚上伽布睡觉时再把这一切都告诉他。

突然间，屋子里传出玻璃破碎的声音。勒玛跑进屋，看见伽布弄伤了自己的手，一个玻璃花瓶摔碎在地板上。

"伽布？"

她走上前，伽布却一把推开她，"别过来！"

她停在那儿。

伽布的声音呜咽了，"你怀孕了！"

勒玛手脚冰凉，额头上开始冒汗。

"谁的孩子？勒曼叔叔的？杂种！！"

勒玛听到的不是伽布的声音，而是巴赫西的。她恍然间觉得说话的不是她的儿子，而是她的丈夫。

---

① 大吉岭（Darjeeling），印度西孟加拉邦的一座小城，坐落于喜马拉雅山麓。那里夏季气候温和，是印度著名的避暑圣地。

② 霍利节（Holi），印度传统节日，亦被视为印度春节。节日期间印度人互相涂撒各色颜料，表达对亲朋的祝福，故又称为洒红节。

日落大道

验尸时，那张名片仍然攥在尸体手中。

那天清晨，贾鲁女士照旧五点半起床，但状态与平日相比显得有些兴奋。为了掩盖脸上随着年龄增长而出现的皱纹，她总是梳妆施粉，精心打扮自己，着装也能彰显她的高雅品味。

她总对希沃德特说："你看，今天人们看到我后还在耳语，指指点点地说'贾鲁丽达女士来了'。即便不为自己，我也要为粉丝们活出个样子。"

希沃德特是她的管家。

那天早上，希沃德特为贾鲁端来奶茶。贾鲁女士正站在镜子前自言自语，她显得有些害羞，希沃德特笑了，女人到了这个年龄还会不好意思，这也是挺难得的。这份妩媚，曾在贾鲁年轻时使数十万崇拜者为其倾心。

"希沃德特，今天有个叫戈帕尔达斯·米什拉的人来见我，你准备些早饭和茶点。"

“他是谁啊？”希沃德特惊讶地问道。

“是个作家，他想写一本关于我的书，之前联系过我。”

那天，贾鲁女士举止间透露出异常的兴奋，从电影行业退休这么多年，终于有人想起了她孤独的灵魂。刚退那会儿，还有好多记者来到她偏远的别墅采访，贾鲁也过上了几年“返潮”的日子。但有谁会整天来偏僻的马哈伯莱什沃尔[①]呢？慢慢地，来访者越来越少，一些适龄的角色找上门，但她不愿饰演这些老年女性。她常常站在镜子前端详自己，有时也会自言自语：“脖子没有皱纹，甚至没有岁月的印记！”但镜子中的她从没告诉自己：“你已青春不再。”而这点，只有在上镜时才能体现出来。

在她第一次检查出心脏问题后，医生萨赫妮对她说：“你的心脏现在已经承受不了你给的负担了，这样下去，总有一天你会崩溃的。”

“辛格先生在的话，可能……”

希沃德特告诉贾鲁，米什拉先生到了。

“嗯？好……米什拉先生。”虽然在等他，但听到米什拉的名字后，贾鲁还是略感意外。“你让他在楼下客厅稍坐一下，你把沙发套拿掉了吧？”

“是的，夫人。”

“水晶吊灯呢？你打开了吗？”

希沃德特十分清楚自己的职责。时至今日，他仍然会四处为夫人造势，有时候不知哪个粉丝来信，他便会在市场里到处宣扬。

贾鲁丽达戴项链时突然感觉到，自己的脖子好像细了一圈，如

---

① 马哈伯莱什沃尔（Mahabaleshwar），印度马哈拉施特拉邦（Maharashtra）的一座小镇，是位于西高止山脉的山间避暑胜地。

果丝巾还在，多少能掩饰一下，但她两年前把它卖掉了。她曾用3000卢比买来的丝巾卖了30000卢比，辛格先生如果还活着，一定不会让她卖掉的。

贾鲁丽达从楼梯下来时，完全是一副电影明星的模样，周围仿佛还传来“开始……音响……摄像……”的声音。

米什拉先生正在客厅认真研究大理石雕像，他的手里攥着一个笔记本，里面仿佛记着些什么。看到贾鲁后，米什拉先生恭敬地和她打了招呼。

“请坐。”贾鲁女士对他说。

米什拉先生端坐在沙发上，贾鲁女士依然魅力无限，米什拉先生在那儿坐了好久，嘴里都没蹦出一个字……好在希沃德特此时端来茶盘，并拿来了糖和盐，贾鲁女士搅拌着茶问道：“你是怎么知道我家地址的？”

“高伊尔先生给我的，他不是您在孟买的经纪人吗？”

“是，高伊尔人特别好，这么多年他帮我处理了很多事情，现在也还帮我料理一些事务。来，喝茶。”

顿了一下，贾鲁女士又说：“我特别喜欢独处，不希望工作给我带来压力。当时制片人没日没夜地追着我拍戏，我也只接了几部，所以现在就逃到这里躲起来了。”

“我能看看您的房子吗？”

“当然可以，请跟我来。”

贾鲁女士带着他在大理石雕像旁停住。“这对雕像是从意大利购置的，为了把它完好无损地带到这儿，可是费了不少劲儿！之前几年我放在孟买的家里，你应该没去过那儿。”

“没有。”米什拉的回答简练，嘴角挂着一丝微笑……

穿过走廊时贾鲁女士介绍道：“我们修建这幢房子的时候很用心，那时因为建房，我和辛格先生总吵架，有时因为选用什么砖块，有时因为购买什么样的木材。这些瓷砖是辛格先生从班加罗尔买来的，这幢房子我以英语电影《日落大道》的名字命名，这个笼子……我们从来没在里面养过鸟，也不知道为什么他有一天带回个笼子……”贾鲁突然大笑起来，仿佛自己在拍某个电影镜头一样，就连希沃德特都看向这里，他从没见过夫人笑得这么大声，或许她曾几何时如此笑过，但那已是在她同时代女演员努尔和妮拉经常来看望她的时候了。

贾鲁丽达边上楼梯边说：“我说，你就把我关进笼子吧，辛格说‘那我得做个大理石的笼子……我特别喜欢大理石，光着脚走在上面感觉真好’。辛格先生他……这是他的肖像。”

这是一幅辛格先生的肖像，足有一人高，挂在楼上的走廊，两边摆放着烛台。希沃德特已将它们点燃，他知道，夫人一定会路过那里。

贾鲁女士默默地注视着辛格的面庞，过了一会儿，她慢慢拭去眼中的泪水，低着头转了过去。

米什拉先生紧紧跟在口若悬河的贾鲁女士身后，“我们的婚姻持续时间很短，只有 3 年 4 个月 18 天。”

她再一次哽咽……

希沃德特已经把客厅的茶盘端走了。

贾鲁女士叫希沃德特拿些槟榔包来，但没有得到回应，贾鲁知道他可能在花园里，她不喜欢此刻的沉默，于是转过身来对米什拉说：“您有什么要问的吗？”

“这房子的面积是多少？”

贾鲁女士一脸茫然地看着米什拉，“面积？”

“建筑面积有多大？”

贾鲁有些失望，回答道：“高伊尔也许知道。”

“没关系，我去问高伊尔先生。”米什拉先生起身说道。

贾鲁丽达站在沙发旁，靠着扶手问道：“高伊尔派你来干吗？”

“他让我来看看房子，这房子可能很快就要出售了！他让我看后找个好买家……”

“你叫什么？”贾鲁丽达面露愠色。

“提勒杰·米什拉，我是地产经纪，专做不动产生意。”说着，他递上了自己的名片。

贾鲁瞬间面色通红，她本想呵斥米什拉，但却没发出任何声音，只是挥了挥手，示意他出去。

地产经纪试图解释道：“高伊尔先生不让我和您说，他说您可能……”

“出去！”贾鲁丽达咆哮道，声音有一丝沙哑。

地产经纪十分尴尬，立刻转身离开。

贾鲁丽达攥着他的名片，看着他走出大门后转身上楼，这时，她突然心脏病发作，跌倒在地……

验尸时，那张名片仍然攥在尸体手中。

纸帽

我小时候并不聪明，外表看起来似乎更蠢。穆尼很机灵，人也十分漂亮，不只是我，几乎所有人都这么认为。所以当邻里家的孩子们玩“结婚游戏”时，穆尼总当新娘，而新郎则可能是任何人。头戴花冠的新郎蹦蹦跳跳地迎娶新娘，好像身骑白马一样。迎亲队伍里撒满了饼块和糖果。新郎边走边唱：“父亲啊，我从德里来接新娘嘿。”

新娘品尝着糖果走在新郎的后面。

一次，我向穆尼恳求道：“穆尼，这次让我当你的新郎吧！”她立刻回绝说：“去去，去照照镜子，看你那样子！”

那天回到家后，我对着镜子照了好久，不知为何，我似乎也确信自己不配当新郎，感觉自己呆头呆脑的。

穆尼一直和我们走得很近，我们每天一起玩耍，她把新玩具拿给我们看，我也和她分享自己的宝贝。各式各样的水晶球、汽水瓶盖、各色玻璃片儿……穆尼特别喜欢红色，我从自己的“宝库”中把红色玻璃全部挑出来送给她，并努力为她继续搜寻。当红玻璃被我搜刮殆尽时，我打破了爸爸放在桌子上的红色花瓶……

一天，我与穆尼争吵起来，她把我送给她的所有玻璃都扔了出去。我十分难过，把伽鲁拉出来陪我，我和他坐在台阶上，把事情经过讲给他听……我想伽鲁应该责备穆尼并安慰我，但他只是坐着，擦着流不完的鼻涕，他甚至可能都没有听到我说的话！从来没有人数落过穆尼。

我的两个哥哥也和穆尼一起玩，他们总是把我晾在一边，我独自坐着，用旧报纸叠玩具，有时叠船，有时叠帽子，有时叠飞机。这些折纸深受欢迎，我在邻里家男孩中的地位也愈发重要，就连穆尼都承认，我带上高高的帽子就像新郎一样。就这样，我成了“新郎”。

一天，我正在做风筝，尼勒杰来了。他瞪着我，我有些害怕，“尼勒杰兄弟，拿着吧，这是我为你做的风筝。”

尼勒杰一把从我手中夺过风筝，把它撕成碎片后跑开了。我气得浑身发抖，但很快克制住自己，因为我知道他比我强壮，他要是用力拧我胳膊，我的骨头都会被扭断。在他面前，我是如此瘦弱不堪。

晚上，老师来为我们授课。他把尼勒杰拉进屋子，问道：“你的作业都做了吗？”

尼勒杰骄傲地回答道：“是的。”

“英语翻译做了吗？”

“是，是的。”

“那给我看看。”

我很高兴，尼勒杰终于咎由自取。但他突然拿起我的作业本放在了老师面前，还没等我说话，他用力压住了我的手，吓得我不敢做声。

时光飞逝，一转眼 20 年过去了。我来到了孟买。

穆尼的哥哥普勒卡什在珠瑚海滩[1]租了一个大房子，我和他住在一起。其他人都在德拉敦[2]，穆尼也在那里上学。两个月前，所有人都来孟买参加普勒卡什的婚礼，穆尼也来了。

穆尼刚到时显得成熟不少，但慢慢又显示出了她的幼稚。没过几天，她就变回了童年的穆尼，顽皮、淘气。她保持矜持时我的日子还好过些，一旦她放开，那我准倒霉。

一天，我坐在屋里写东西，穆尼走进来把我从凳子上拉起来，拽出了屋子，她指着远处的海滩，甜声细语地说道："我们去那儿走走吧！"

"为什么？"

"吃恰特[3]！"

穆尼每晚都会吃恰特，早上还坚持在海里沐浴。一次，我们同去沐浴，她突然一个猛子扎进海里，起身后海水从她的鼻子冒出来，她控制了一下立刻划着水逃向岸边。

"咳咳……咳咳咳……"腥咸的海水呛进了穆尼的喉咙，我也随之清清嗓子，发出"咳咳咳……"的声音，她把怒火都发在了我的身上。那天，穆尼在我的奶茶里放了盐，我无意间把带盐的奶茶给了她妈妈，她一把夺过杯子跑开了，而穆尼妈妈根本不知道发生了什么。实话实说，我也是事后才明白是怎么回事。

---

① 珠瑚海滩，孟买（Mumbai）著名旅游景点之一。位于孟买北部，距离市中心约 25 公里。

② 德拉敦（Dehradun），印度北阿肯德邦（Uttarakhand）首府，教育资源丰富。

③ 恰特（Chaat），南亚地区的一种小吃。

一天下午，我坐在桌边写东西，穆尼朝屋里看了一眼，说道：“喂，大师，你在干什么呢？”她手里拿着一个雪糕，“喂，大师！”

我朝她看了看，她又说，“写什么呢你？”我笑了笑，什么也没说。

“你没听到啊？”穆尼喊道，然后把雪糕扔在我的纸上。我怒火中烧，一下子从凳子上跳起来，但她已经跑开了。有时心情好时，她会来我房间，给我讲她在学校和她那些女朋友的故事。

“我有一个女朋友，有个男孩每天都来宿舍找她，有一天……”

“那个男孩为什么每天都来找她？”

“我怎么知道！她们俩……不知道！”她推说道。

“那你为什么不问你的女朋友呢？”

她喊道：“你都不听我说，总是打断我！”说完跺着脚跑了出去。

我期望的是她夺走我手中的钢笔，拿起我面前的书，翘着腿坐在我的桌子上，双手托着下巴嘲弄我：“既然你不会写，那为什么总是把纸涂黑？”

老家寄来一封信，尼勒杰要来孟买了。

尼勒杰一到孟买，家中就热闹起来，欢声笑语伴随着歌曲演奏不绝于耳。部队的经历去除了尼勒杰性格中的那丝严肃，所有人都加入进来，尼勒杰带领大家狂欢，他想出各式各样的新游戏，而穆尼则全部捧场。穆尼同尼勒杰在一起的时间越来越久，因为尼勒杰的到来，她逐渐忽视了我的存在，于是，我选择远离他们，在外面度过大部分时间。

一天下午我回到家，看见穆尼穿着尼勒杰的军装，手里夹着根香烟，或许是烟呛着了喉咙，她正剧烈地咳嗽个不停。

我转身离开了。

几天后，穆尼怒气冲冲地跑到我房间，刚进门就说道：“把我的照片还给我。”

“我放起来了。”我笑了笑说。

“还给我！你凭什么放着我的照片？”

我无话可说，把所有照片都拿出来还给了她……

“还有那些在海里洗澡的照片，在哪呢？”

“不知道，找到了再给你。”

“我现在就要！”

“不在我这儿。”

穆尼生气地把所有照片都摔在桌上，我拿起照片，把它们全部撕碎扔出窗外，她站在那儿一动不动地看着窗户，然后一言不发地走了……

此后一段时间，我们俩都怒气不减，再没有说过话。尼勒杰的健谈则使得所有人都忽略了我们两人之间的沉默不言。

我每晚回到家，穆尼不是坐在阳台上和尼勒杰一起玩牌，就是专注于和嫂子下棋。

她突然不再吃恰特了……

一天晚上我很晚才回家，进房间时穆尼坐在我的桌旁，看样子正在读报纸。听到我的脚步声，穆尼马上从凳子上站起来，开始在书柜中找书。我背过身去，在柜子里整理衣物，穆尼突然说道：“我们明天就回去了。”

“好消息啊！”我的回答不堪入耳。

穆尼似乎受到了伤害，沉默了好久。实话实说，我自己都不知道为什么会说出那些话。

“妈妈说，我们明天必须离开。”

我问道："你有什么打算？"

穆尼沉默了一会儿。我望向她，她的脸色苍白，带着哭腔说道："你现在还生我的气吗？"

我感觉穆尼要嚎啕大哭起来，我走上前想要安慰她，但她朝门的方向退后了几步，好像身后藏着什么，我想抓住她的手，但她跑掉了。手里的纸片掉落在我身旁，我看到了她用报纸叠成的一顶帽子……

古蒂[1]

有时，她会感觉自己比实际年龄大很多。八年级时，她就像十年级的女孩子一样讲话，进入九年级后，她感觉自己和姐姐一样上了大学。她开始模仿姐姐写日记，变得喜怒无常，也开始像姐姐一样在镜子前花上几个小时梳妆打扮。妈妈有时唠叨两句，她还牢骚满腹。

“哼！妈妈从来不说姐姐，却总是数落我！”

她每次都会在嘟囔几句后选择沉默，但在姐姐为她定制新连衣裙的当天，她爆发了。

“你给自己买那么漂亮的纱丽，却给我做件连衣裙！我不穿！”

“古垛[2]，等你长大……”

“别叫我古垛，我不叫古垛。”

“好的，库苏姆女士，等你长大了，我也给你买纱丽。”

---

① 主人公名字，乌尔都语为“گڈی”，本意为“布偶”，可做人名，也可用作印度人对姐妹等亲近女性的称呼。

② “古蒂”的昵称。

“我现在还小吗？我都九年级了！”

姐姐笑得前仰后合，库苏姆跺着脚跑了出去。

她不知道姐姐判断自己是否长大的依据是什么。同姐姐相比，她日记写得更好，也更能在言语上表达情愫。戴夫拉贾长相普通，他的鼻子太高，用手擦汗时还会碰到鼻子，而自己的心上人，那可是大众情人！实打实的电影明星！戴夫拉贾还会模仿她心上人的发型。有时，她甚至觉得姐姐算不上什么。戴夫拉贾和姐姐被迪利普·库马尔[①]与库苏姆甩出几条街，想到这儿，她内心平衡了许多，不禁幻想自己沉浸在迪利普·库马尔的怀抱中，幻想着属于自己的爱情。

她多少次逃课去与心上人“幽会”。七八年级时，她看了《莫图莫蒂》[②]，哎呀，电影中迪利普穿着长袖针织衫多帅啊！她叹了口气，如果可以的话，她一定会跑上去，到屏幕中拉住他的手。她想，有朝一日她见到迪利普，一定要为他亲手织一件针织衫。当她在《新时代》[③]中看到身着围裤的迪利普时，她简直为之痴狂！从那天起，她疯狂地爱上了迪利普。看着他在电影里骑在马车上，在疾风中挥动着皮鞭，她的心都要从嗓子眼里蹦出来了，心想，“可千万别掉下来”，其间搞得自己几次都从座位上蹦起来撞到了腿。当迪利普载誉而归，通过一座破桥时，她使尽全力，双手“托在桥下”，直到听见一旁的女伴发出“啊”的声音后才松手。但是，那个来自马德拉斯

---

① 全名默罕默德·尤素夫·汗（Muhammad Yusuf Khan），印度电影演员。1922 年 11 月出生于英属印度西北边境省（今巴基斯坦开伯尔 - 普赫图赫瓦省）。

② 印度导演比玛尔·罗伊（Bimal Roy）执导的电影，1958 年上映，由迪利普·库马尔主演。

③ 印度导演巴尔德夫·拉贾·乔普拉（Baldev Raj Chopra）执导的电影，1957 年上映，由迪利普·库马尔主演。

的胖女人维贾雅蒂玛拉[①]为什么总是粘着他？一时间，她对维贾雅蒂玛拉厌烦透顶，“这个特诺[②]！”让她感到欣慰的是，维贾雅蒂玛拉在电影结尾处去世了。

她从床上蹦起来冲到桌前，从抽屉里拿出日记本。日记本中夹着电影《恒河叶木拿河》[③]的宣传册，封面是迪利普和维贾雅蒂的照片。她从姐姐的柜子里拿出剪刀，把维贾雅蒂的部分剪掉，揉碎扔出了窗外。接着，她抚摸着迪利普的头发，深情地亲吻了照片，之后小心翼翼地把照片夹在日记本中，枕在头下，开始继续她的白日梦。

她幻想着属于自己的爱情，但求而不得，她还要坚持多久？她真希望来场大雨让自己清醒一下。

她想，如果迪利普能给我写封信那该多好啊！就像戴夫拉贾给姐姐写信那样，但戴夫拉贾算什么！她曾在电影里数次领略过迪利普的文采，他的文采无人能及！

她拿出日记本，坐在那儿开始给迪利普写信。

九年级结业考试后，库苏姆迎来了人生中可遇而不可求的一天。早上起床后，她得知舅舅来家里串门，还要带全家去片场看迪利普·库马尔拍电影。那天学校放假，她便能名正言顺地同全家人一起去，舅舅对她说：“走，你也去。”

“她去那儿干吗呢？”姐姐问道。

“古垛去要签名。”

“舅舅，她已经长大了，你可别叫她古垛，她会生气的。”姐姐

---

① 全名维贾雅蒂玛拉·巴利（Vaijayantimala Bali），印度女演员。1936 年 8 月出生于英属印度马德拉斯管辖区（今印度泰米尔纳德邦）。

② 电影《恒河叶木拿》中维贾雅蒂玛拉所饰演的女主角的名字。

③ 印度导演尼丁·鲍斯（Nitin Bose）执导的电影，1961 年上映，由迪利普·库马尔和维贾雅蒂玛拉主演。

笑着说。

她对姐姐的“玩笑”十分反感，心想：“等你们看到迪利普充满爱意地看向我，你们就会知道我已经长大了！”想到这儿，她冲进卧室，坐在梳妆台前开始打扮自己。

当他们到达片场时，迪利普正在和维贾雅蒂排练一个场景。她默默地站在一边，迪利普抓住维贾雅蒂的手，说道：“乐达，从今天起，这世界上没有谁能把你从我身边夺走！你永远都属于我！乐达，跟我走，好吗？”听到这儿，乐达爱意满满地将头埋进迪利普的胸膛。

“不要脸！”库苏姆内心嘀咕道。

排练结束，舅舅说：“古垛，去吧，去要张签名。”

“我不要签名！”她带着哭腔说。

“怎么了？”

“没什么。”她说完跑出了片场。

到家后，她径直走进房间拿出日记本，取出迪利普的照片揉碎，扔出了窗外。

“滚吧滚吧，去找你的特诺！”

之后，她一下扑倒在床，嚎啕大哭起来。

半人

所有人都叫他“半人”，不是整个，也非四分之三，只有一半……他是个侏儒，不知道是谁给他起的名字，如果父母健在的话，他一定会问问他们。

从“半人”记事起，别人就是这么称呼他的，但他从来都不觉得有任何困扰，他一直活在自己的世界里。卖瓜人说：“‘半人’，过来帮我看会儿摊子，我吃完饭就回来。”“半人”就高高兴兴地拿根木棍坐在那儿吆喝：“来啊！甜如砂糖的瓜哟！”

他时而卖瓜，时而贩枣，有时帮老奶奶去医生那里取胃药，有时帮四楼的盖什瓦尼送小女儿到学校，无论工匠玛涛那儿什么时候缺人手，他都会去帮忙搬砖，然而他最喜欢做的事情还是在迎亲队伍的前面跳舞。无论是谁的迎亲队伍，只要从他家附近一英里内经过，他都会跑到队伍前摇晃着小手，摆动着小腿跳个不停。一天，铁匠伊尔亚斯的迎亲队经过，他照旧跑到队伍前面跳起舞来。婆罗门立刻阻止他说：“喂，‘半人’！你竟然在穆斯林的迎亲队里跳舞？”

“半人”挥舞着双手说道：“可穆斯林和印度教徒结婚都会敲鼓啊，而且都是这么敲！”

“半人”常常和12岁左右的孩子们一起玩耍，那样子仿佛他和他们一般大。孩子们上学时，他就在社区的小花园中和年迈的园丁一起收集干枯的楝树叶子，晚上则用从教授家拿来的火柴点燃它们。

一次，教授送了他一件旧外套。“半人”出门后看了看，把它给了园丁大叔，说道：“教授给了我一个布袋穿，都能装下三个我了！”

切德尔普尔社区的5座住宅楼里一共住着80户，约350位居民。“半人”就好像“ج”[1]和“خ”[2]中的那个点，游走于所有人之间，没什么事情会因为他的缺席而停止，但没他又不行，好像少了“半人”就不完整了。对于切德尔普尔社区来讲，“半人”的存在就像给大家庭里增添了一只宠物猫。

但是昨天，他让所有人都感到了自身的空虚肤浅与可怜至极。教授冲着聚集在院子里的人群喊道：“你们都是不完整的，都是半人！而被你们称作是‘半人’的，看看！他是多么完整，多么完美！”

昨天的事要从两年前说起，但在那之前还发生了一件不能忽略、却又鲜为人知的事情。

那天，切德尔普尔社区最美丽的姑娘罗陀·格姆拉妮走在赫尔根贾区时被三个流氓盯上。他们一个朝她抛媚眼，一个冲她吹口哨，另一个则蹭着她的肩膀走了过去，姑娘吓得花容失色。这时，小巷尽头出现了一个人影，罗陀叫道：“‘半人’！”

“半人”听到叫声后赶忙跑来，罗陀一把抓住他的手说：“‘半

① Jim，乌尔都语字母表中第7个字母。
② Khe，乌尔都语字母表中第10个字母。

人’，送我回家吧。”

“半人”立刻反应过来，他像雄狮一样抓住罗陀的胳膊说：“走！有我在！”

就这样，他带着罗陀穿过三个流氓，飞快地离开了。

但那天晚上，“半人”失眠了，他第一次感觉自己是个28岁的男人。第二天起，他不再和学校的孩子们一起玩耍，衣服也熨烫整齐。人们都注意到了他的变化，罗陀也不例外，但她只是笑笑，说道：“好可爱！”

“半人”仿佛找到了生活中的新事业——保镖！卫士！他上午把罗陀送到学校，有时还帮她拿书，傍晚则去学校接她回家。但有一天，罗陀伤了“半人”的心。罗陀经常与贾格迪什约会，“半人”常把她送到会面地点，但这让贾格迪什十分反感，他不禁向罗陀抱怨。罗陀责备他道：“切！你怀疑他？怀疑这个‘半人’？”

“半人”没有继续听下去，他慌乱地朝家跑去，一进巷子，就暴打了一只躺在街上睡觉的狗，之后回到自己的小屋躺下，仿佛受伤的是自己……

第二天起，他的态度有了180度大转变，那些请他帮忙的人都惊讶地听他问道：“你们给钱吗？”

“钱？你要钱干什么？”

“想干什么就干什么！”

慢慢地，“半人”的小箱子里开始积攒下来各类面值的钞票和硬币。

这是正事儿发生之前的铺垫，而正事儿是：6个月后，罗陀结婚了……迎亲队伍放着欢快的音乐，乐队弹奏的声音从街角传来。“半人”再也忍不住了，他不安分的手脚开始摇摆，于是他迅速起身，拿出箱子里所有的钱，来到切德尔普尔社区 C 栋 13 号的公寓门前按响了门铃。萨蒂亚一个人住在 13 号公寓，她的名声不好。切德尔普尔社区的一些人想让她离开，因为有很多男人时常在夜里进出萨蒂亚的公寓。“半人”全都看到了，也明白是怎么回事，但他选择保持沉默，而今天……

不知道公寓里发生了什么，但直到罗陀的婚礼结束，“半人”在整整七个小时后才离开萨蒂亚家。

在此之后，“半人”开始频繁出入那里。人们对萨蒂亚毫无忌讳地与“半人”发生关系感到厌恶，但他们更不能忍受的是，这个和自己有关系的女人竟然和一个侏儒有染。在他们看来，萨蒂亚就是个妓女！就这样，整个社区的人都对萨蒂亚感到愤怒，几个年轻人还暴揍“半人”一顿。“半人”怒火中烧，挨打后，他再次来到萨蒂亚家。萨蒂亚躺在床上，或许是生病了，“半人”直截了当地对她说：“萨蒂亚，我想和你结婚。”

萨蒂亚看了他一眼，说了声“哦”，便转过头去。

“半人”一把抓住她的胳膊，迫使萨蒂亚转过身，“为什么不能和我结婚？我就不是人？你也认为我是‘半人’吗？”

萨蒂亚看了看他，说：“‘半人’，让我睡觉吧，我身体不舒服。”她把胳膊从“半人”的手中抽了出来。

“行，你去死吧！下地狱吧！”说完，“半人”转身摔门而去。

这也不是故事的高潮。因为在此之后，“半人”在切德尔普尔社区还住了整整一年，其间关于萨蒂亚的消息不绝于耳。他有意避免从 C 栋公寓楼门口经过，但有人告诉“半人”，萨蒂亚有了孩子。切德尔普尔社区的居民忍无可忍，他们要把萨蒂亚赶尽杀绝，“把她赶出去！让她离开公寓！”但即便如此，萨蒂亚又在这儿住了 6 个月。

昨天，“半人”背着粮食袋走进社区，看到C栋楼下聚集了一大群人。“半人”什么都没问，就有人主动告诉他萨蒂亚服毒自杀了。“半人”飞快地朝楼上跑去，甚至忘记了背上还有一整袋粮食，他原本可以放下的。不知为何，周围的人纷纷为他让路，终于，他跑到13号公寓，看见萨蒂亚的尸体平躺在床上，一个6个月大的孩子正在和尸体玩耍。

整个院子回响着教授的声音：“这个孩子是你们中某个人的，你们都常来她这里，我知道你们都还有人性，会捐钱火化遗体……但是这个孩子，我问你们，谁来收养他？”

所有人都像雕像一样站着，默不做声。

突然，“半人”手中的粮食袋掉落在地上，众人都朝他看来。只见他慢慢走到床边抱起孩子，旁若无人地把他放在肩上，转身穿过人群走出了院子。

教授的余音犹在：“你们都是不完整的，都是半人！而被你们称作‘半人’的，看看！他是多么完整，多么完美！”

但是

戴夫拉贾突然抓住我的胳膊说道：“你在干什么？没看到火车来了吗？你没看到信号灯？”

我觉得事情已经失控。

曾几何时，乌兰有座火车站，而如今只剩下断壁残垣，仿若人死后留下的骸骨一般。我曾见证过那里欣欣向荣的场景，那时乌兰正在修建一座化工厂，为此，附近铺设了铁路，人员与物资由铁路源源不断地被运送到这里。工厂完工后，车站附近保留下了一个小镇。

现在，五英里外的本维尔代替乌兰成了这条铁路的终点站，这个小镇开始慢慢发展，而乌兰车站则逐渐萧条。

傍晚，我常常去废弃的乌兰车站散步。铁道四周杂草丛生，车站的建筑也全部废弃，只剩下一个站长室、一个存储间、一个小院子，以及一些水泥长椅。不知为何，售票窗口也残存了下来。看到周围的环境，我知道乘客曾在那里购票。如果是这样，那一定还有检票员，因为那里没有门，门框仍然嵌在水泥墙中。我曾在这里见过一次戴夫拉贾，他坐在远处的水泥长椅上。我点燃一支香烟，他回过头看了看我，表情十分严肃。我想，他可能不喜欢我抽烟吧。

此后我又看到过他几次，有时他在我到达之前就起身离开，有时则坐在那里，直到看着我离去。

之后有一天，我去孟买办理津贴事宜，回来时已经很晚，就没有去乌兰车站。

次日傍晚我再去时，戴夫拉贾从长椅上起身，顺着杂草中锈迹斑斑的铁道走到我身旁，问道："你昨天晚上没来？"

"没有，从孟买回来已经很晚了。"

"哦哦！"他笑着在车站入口处逗留了一会儿，接着离开了已经荒废但确曾存在的车站。

又一天晚上，我因为下雨没有去车站。

第二天晚上，戴夫拉贾又问："昨天没来？"

"没来，昨天下雨了，所以没来。"

"哦哦，昨天车来了你知道吗？"

"什么？"我惊讶地看着他。

"是的。我就知道车会来的，他也会来的。"

"谁？"我问道。

"我的儿子什亚姆，他是乘 7 点 50 分的火车过来的，他向检票员出示车票时我认出了他。"

那晚，戴夫拉贾依旧微笑着高高兴兴地离去，却给我留下了无尽的疑惑。"乘 7 点 50 分的火车过来"，什么意思？可能是 7 点 50 分到本维尔的火车，但"向检票员出示车票"是什么意思？我感觉这老头思维混乱，是个疯子。

第二天，我正在铁道边散步，戴夫拉贾从后面赶上我，说道："我今天来晚了。"

我"嗯"了一声，不再说话，但终究没忍住，问他："您昨天在哪里见到什亚姆的？"

"这……在那儿！"他指指那边笑了笑。

"他向检票员出示车票时我认出了他。我知道他总有一天会来的！"

我惊讶地看着他。他马上明白了："你可能认为这个老家伙疯了，对吗？"

我晃了晃头表示赞同。

"我知道，火车现在不到这里了，但原来，火车是通到这儿的，每天 7 点 50 分都会准时到达，我每天都来接他。但有一天发生了事故，你可能在报纸上读到过，有人横穿铁轨时被卷入车下，他的尸体被碾压成了三块，那就是我的儿子……什亚姆！"

我一下子呆住了。

我俩默默走了一会儿，我又问道："您确定？他被车压死了？"

"是的！"

"那您还在等他？甚至还觉得见到他了？"

"是的！一切都是虚幻的，生死皆为虚幻。我们逃离一个假象，又坠入另一个，我们把这种永恒之物叫作虚幻、幻象亦或摩耶。"

"永恒之物是什么？"

"寻找……希望……等待！"

"寻找？寻找什么？"

"时间！它是永恒的！"

"时间？它会流逝的。"

“流逝的不是时间，是我和你，时间是永恒的。有些东西亘古不灭，有些则随风而逝。”

“但是当生命的时间中止，那……”

“时间不会停止。”他打断我说：“生命有终点，然而时间只会不断消逝，而不会有尽头。”

我顿了一下，又问道：“您读过克里希那穆提的书吗？”

“是的，我读过 U.G①。”

我意识到他是受 U.G 哲学的影响。

他又反问我：“你读过 U.G 吗？”

“没有。我刚才问的是 J. 克里希那穆提②。”

“你也该读读 U.G. 克里希那穆提的书。”

“您有他的书吗？”

他停了一下，在口袋里摸了一会儿，掏出一张卡片说：“什么时候来家里拿吧。”

卡片上印着他的名字以及“6/9，B.P. 区，乌兰东”。突然，他抓住我的胳膊说道：“你在干什么？没看到火车来了吗？你没看到信号灯？”

不知不觉，我们走到了破旧的信号灯旁，我觉得事情已经失控。

此后两天我没能去车站。第三天我去那里等他，但他没有来，随后几天也是一样。

之后我因故要去趟德里。我克制不住自己的好奇心，虽然不知

---

① 全名乌帕鲁里·高帕尔·克里希那穆提（Uppaluri Gopala Krishnamurti，1918~2007），U.G. 是其名字的缩写。印度哲学家、教育家。1918 年生于印度安得拉邦（Andhra Pradesh），2007 年去世。

② 全名基督·克里希那穆提（Jiddu Krishnamurti，1895~1986），印度哲学家，被誉为二十世纪的“世界导师”（World Teacher）。1895 年生于英属印度马德拉斯管辖区（Madras Presidency），1986 年去世。

把卡片丢在了哪里，但我却清楚地记得上面的内容“6/9，B.P. 区，乌兰东”，于是我来到他家。

一位年轻人开了门。不知我的面部有何魔力，他问都没问就说：“来，请进。”

屋内挂着戴夫拉贾的照片，上面挂着一个花环。我的内心产生一丝恐慌，他可能已经去世了。“这是谁的照片？”我问。

“我父亲的！”

“您叫什么？”

“什亚姆·昌德·戴夫拉贾。”

“啊！”

“您是来找谁的？我以为您是邵帕的辅导老师。”

“不是。怎么说呢……我来取 U.G. 克里希那穆提的书，您父亲让我来的，嗯……”

“哦哦，我们把他的书锁在箱子里了。您改天再来，我取出来给您。是您的书吗？”

“不是，算了。”我站起来，书只是个借口罢了，“事实上，我是想见戴夫拉贾。不知道他在不在？”

“哦哦。”什亚姆的脸色有些发白。

我鼓起勇气问：“出什么事了？”

“三年前，他在乌兰火车站不慎坠入车下……”

我懵了……

为了控制自己不至失态，我必须马上离开。

我的膝盖抖个不停，下楼时楼梯也仿佛没有尽头……

活着

“没有必要因为我而阻拦任何人，我的痛苦是我自己的，我会因其欢笑，亦或哭泣。”

沉默不语就是萨米尔的自我。11 岁那年，当萨米尔的右臂被截掉时，他的父母尖叫起来。而他，只是安静地看着那些前来看望国王独子——萨米尔·辛格并哭哭啼啼的人。

“没有人为我而哭泣。”22 岁那年，萨米尔用左手在日记中写道：“人们只是为我父母遭遇的不幸哭泣：他们唯一的孩子的右臂没有了。神就赐予了他们一个男孩，而他的一只胳膊……”

但萨米尔活动起来却与之前没有任何区别。从他右臂绷带拆除的第二天起，他就开始用左手干活，好像右手从未存在过。人们都被这个男孩的勇气惊呆了，他承受着这一切，好像什么都没有发生一样！

“我身体的部分源自我，而不是我源自身体的某个部分，我就是我，我还活着。即便我的腿部不断萎缩，我还可以匍匐前行。”

做完手臂手术的几年后，萨米尔又遭遇了一场事故。那年他 20 岁，每天和父亲一起骑马，一同跑步，有一天他从马上摔了下来，把腰椎摔断了。

他又做了一个手术。不知医生用了什么金属制板绑在他的腰部，萨米尔·辛格不能正常行走了。

还是那群人，仍是那些问候，萨米尔·辛格依旧沉默地看着他们的脸。“这些人为什么哭啊，我又没死。非得用脚才能走路吗？没有脚的人还能远行呢。”即便失去了双腿，他依然忙碌。为了学习，他开始请老师们来家里为他授课。直到他厌烦那些老师后，便不让他们再来，开始在家里建造图书馆。左臂还能用，于是他开始用左手记日记。他不同任何人讲话，只不停地自言自语，就这样和自己的声音一起在沉默中相依为命。

大概过了一年半后，他腿上出现了新的病症，医生又开始频繁往来帮他医治。有些医生说是脊椎手术做得不对；有些则说这是一种新的疾病，导致血液流通不畅，不能顺利到达腿部。那些日子，萨米尔在日记中写道：“这又怎么了？我现在还能用胸膛爬行，还能自己说话，还可以在我的沉默中长久生活。”

但在此之后，国王的情况就大不相同了，他整天沉浸在萨米尔遭遇所带来的悲伤中，开始变得疯疯癫癫。所有印医、西医、长老和修行者都被唤来诊视，但毫无好转。母亲不堪忍受两人的状况，不久便去世了。国王像疯子一样在萨米尔的周围兜来转去，为他找朋友，寻伙伴，但萨米尔只活在自己的世界里，活在自己的沉默和自我中。

国王突然击鼓宣布，要让萨米尔成婚。女方无论种姓、长相如何，只要她能同情萨米尔，一辈子支持他就好。

萨米尔百般拒绝，但看到父亲的状况后又沉默了。他知道，父亲的痛苦远大于自己的伤痛。

很多女孩登门，但却没有人提出婚约。萨米尔写道："人们为国王而来，为他的豪宅、财富而来，而对我，他们只是寻找一个哭泣的借口罢了。"

终于有人联系了已然沮丧的国王，姑娘出身不错，举止端庄。国王一看就知道她不是为了财富，而是看到萨米尔的病痛，理解他的痛苦才要和他结婚的。

婚礼的筹备工作开始紧锣密鼓地进行，国王献出了自己统治下的一切，毫无保留。人们装饰起彩棚，乐队弹奏起音乐，烟花仿若月光一样照亮夜空。天刚蒙蒙亮，新娘的发缝中就落满了"骨灰"。

萨米尔自杀了……他在日记中这样写道："原先人们看着我不停地哭、同情我还好些。他们的同情点燃了我的自我。可我现在该如何是好？人们开始'嘲笑'我了。"

谁的故事

直到学校杂志上发表了他的小说，我才知道阿努还有一个响当当的名字——阿尼尔·库马尔·珍多巴特亚伊，六班。

阿努从小就立志成为一位小说家，他利用课余时间创作了许多短篇小说。我一直坚信，成为一名诗人或文学家需要真主的恩赐，否则没有人能够成功，而阿努就具有这种可遇而不可求的天赋。

当我们都还在打嘎儿①的时候，阿努就独自坐在那里，在笔记本上写着什么，或是思考着什么。我一直很好奇，阿努的脑子里都在想什么？他如何创造出人物形象？又如何使其跃然纸上？他四处踱步，其心所至，人物便应运而生，随之前往……而这些人物所经之地，便成为了小说的一个场景——哇！小说家简直不可思议！他可以肆意改变一个人的生死！这难道不是和真主一样吗？

这是大学时候的事情了，阿努笑了笑，说道："并不是这样的，我的小说人物并不是虚构出来的，他们不受我的控制，相反，我是

① "打嘎儿"（Gilli-Danda）是一种儿童游戏，通行于印度、巴基斯坦、孟加拉国及阿富汗等地，指儿童用木棒将圆木短块（即嘎儿）打向空中的游戏。

受他们控制的。”

阿努现在说话也像个作家，我特别欣赏他这一点。当他的小说发表在《力量》《联合》及《战斗》等报刊的周末版时，我倍感骄傲。一次，我把报纸拿给妈妈看，“你看这个，阿努的小说，阿尼尔·库马尔·珍多巴特亚伊，这是他的名字！”

“哦，读来听听。”

我把小说读给妈妈听，这是个穷苦鞋匠的故事。妈妈听完热泪盈眶，“呀！这不是我们巷子里鞋匠皮古的事儿嘛！他妈妈也有同样的遭遇。”

这我倒不知道，但我马上重复了阿努的话：“妈妈，阿努的小说不是虚构的，他不是创造人物，而是从自己所处的环境中去选择人物。对他来讲，不仅要广开视听，还必须打开思想的窗户。”

妈妈听了我的“演讲”感动不已，而这却是阿努所言。

小巷里有一大棵番石榴树，鞋匠皮古经常坐在树下，整条街的鞋都送到他那里修补。这里是阿努常常出没的地方，无论他的衣服有多脏，他都会把鞋擦得闪闪发亮。

皮古在教儿子克希达如何缝补拖鞋的夹脚板。当我把他的“故事”讲给他听，皮古的声音哽咽了，“孩子，只有你们这样的人理解我们的痛苦，如果你们都不了解我们的故事，那还有谁会明白呢？”

从那天起，我对阿努的敬佩愈发强烈，他就是为写作而生的！

大学毕业后我离开德里回到孟买，在那儿找到一份工作。阿努则每日困在哥哥开的药房里帮忙抓药。阿努的哥哥在政府任职，每天早晚会来药房照看生意，他给阿努介绍了很多工作，但都没有成功。

一次，我回到德里参加妹妹的婚礼，见到了阿努的哥哥。他身患重病，见到我时对我说："你就劝劝阿努让他去工作吧，整天写小说可怎么办呢？"

我一声不吭，他咳嗽了一会儿自言自语道："那婊子放过他，他就醒悟了！"

我问阿努："那'婊子'是谁？"

"小说，提到它我哥总是骂骂咧咧的。他就不明白，他治疗的是身体疾病，我治疗的是社会和人们思想上的顽疾。我用小说的纱布包扎社会溃烂的脓疮，为在黑暗中四处徘徊的受压迫的人民点燃一盏明灯，帮助他们获得破除精神枷锁的武器……"

我心悦诚服。阿努说了好久，并告诉我他的第一本书已经付梓，小说也发表在国内的顶级文学期刊上。那些杂志经常向他约稿，但他不可能满足所有的刊物。同时，他还在创作一部长篇小说，但因为忙于药房生意，没有足够的时间，所以这部小说不可能很快写完。"哥哥一直生病，他还有两个孩子！真可怜！"阿努也正在酝酿一篇以孩子为题的新小说。

在和阿努交谈的过程中，他提到了一些伟大的作家。其中一些作家我听说过，一些则是他告诉我的：萨达特·哈桑·明都①、阿赫默德·纳迪姆·卡斯米②、克里山·钱达尔③、拉金德尔·辛格·贝迪④，之后，他又提到了卡夫卡和萨特的存在主义。我感觉小说可能已经在某些方面落后了，但阿尼尔·库马尔·珍多巴特亚伊向我解

---

① 萨达特·哈桑·明都（Saadat Hasan Manto，1913~1955），乌尔都语作家。出生于英属印度旁遮普省，印巴分治后随家人由印度孟买（Mumbai）迁居巴基斯坦拉合尔（Lahore）。

② 阿赫默德·纳迪姆·卡斯米（Ahmad Nadeem Qasmi，1916~2006），乌尔都语作家。20 世纪 30 年代开始文学创作，在乌尔都语近现代文学史中占有重要地位。

③ 克里山·钱达尔（Krishan Chander，1914~1977），印度乌尔都语作家。曾任印度进步作家协会总书记，被誉为"印度短篇小说之王"。

④ 拉金德尔·辛格·贝迪（Rajinder Singh Bedi，1915~1984），印度乌尔都语作家，锡克教徒。出生于英属印度旁遮普省，印巴分治后迁居印度孟买。

释道："小说不仅仅是陈述情节，也不止和它刻画出的人物形象有关，它是在一个人思想观念的影响下创作出来的，它的作用……"

我不太明白他的话，但却对其深奥的思想佩服不已。

一次，阿尼尔来孟买参加作家大会，我从书柜里拿出有他签名的四本书给他看。我常常骄傲地把这些书展示给朋友们，这是多么伟大的作家，而他现在就住在我家里。我问他："你把关于两个侄子的小说写完了吗？"

他告诉了我一个遗憾的消息："哥哥去世了，亲戚们聚在一起让我娶嫂子，我不得不和她结婚，我现在是那两个孩子的父亲。"

阿尼尔住了几天后便返回德里。

我现在经常能在报纸上读到关于他的消息，他有著作出版时，也总会给我邮寄一本。

多年后，我带着妻子一起去德里，告诉她要带她见一位作家朋友。

那天晚上，阿努正在番石榴树下让克希达擦鞋，那仍旧是他最喜欢去的地方。我们在那儿又讨论起小说。

"新小说最重要的问题是对不断变化着的现实的思考，现实不只是展示出来的东西，相反，真正的现实是双眼看不到的。小说不仅仅关乎逻辑关系，还要去探索小说人物的潜意识。"

他的言论让我瞠目结舌。

阿尼尔说："在过去的50年间，乌尔都语小说发生了巨大的变化，我们的小说在这50年里得到了长足的发展，我们可以把它同今天世界上任何……"

克希达把擦亮的皮鞋递给他，说道："兄弟，你在讲谁的故事啊？你小说里的人物仍然在他们之前的地方，我坐在我父亲的位置，而你经营着你哥的药店，哪篇小说进步了？”

把鞋递给他后，克希达又开始忙于缝补拖鞋的夹脚板……

译后记

在讨论“中印经典与当代作品互译出版项目”选题之时，古勒扎尔（Gulzar，1934~ ）的名字在印度当代乌尔都语作家中脱颖而出。

乌尔都语文学作为印度文学的重要组成部分，历史上不仅诞生过“抒情诗大师”——米尔·德基·米尔（Mir Taqi Mir，1722~1810）、“哲学诗人”——伊克巴尔（Iqbal，1877~1938）、“印度小说之王”——普列姆昌德（Premchand，1880~1936）等文学巨匠，随着时代的发展，大量优秀的当代乌尔都语作家不断涌现，古勒扎尔无疑是其中颇具代表性的一位。古勒扎尔至今活跃在印度文坛，是印度杰出的诗人、短篇小说作家。其短篇小说集《烟》（Dhuan，1997）曾荣获印度文学最高奖项之一——印度文学院奖。他也是宝莱坞著名的电影电视导演、剧作家和电影歌曲词作家，曾数次荣获知名奖项，包括“奥斯卡金像奖最佳原创电影歌曲”。无论是在文学还是电影领域，古勒扎尔都赢得了业界的认可与尊敬。他在印度学界成果斐然，在普通民众之中家喻户晓，影响力广泛。

近年来，国内乌尔都语文学的汉译出版略显停滞。为使中国读者直观地感受印度当代乌尔都语文学的魅力，借由“中印经典与当代作品互译出版项目”之契机，译者选取了古勒扎尔优秀的乌尔都语诗歌和短篇小说作品翻译付梓，以飨读者。这本与读者见面的《烟——古勒扎尔作品选》，共收录诗歌 103 首、短篇小说 12 篇，均属作者代表性作品，涵盖其创作生涯的多个时间段及各种题材，以给予读者多方面的了解和感受。

本书中的诗歌选译自古勒扎尔的乌尔都语诗歌选集《织工朋友啊……》（*Yaar Julahe*，2009）。该选集选编了古勒扎尔诗歌的经典作品，内容丰富并具代表性。诗歌创作一直是古勒扎尔的激情所在，他常说诗歌陪伴他成长，帮助他找寻到了人生的意义。古勒扎尔受到过乌尔都语古典诗歌的浸染，并改良了古典诗歌的样式，将现代思想和现代创作风格融入到诗歌创作之中，使乌尔都语现代诗歌焕发了新的风采。值得一提的是，古勒扎尔发展了乌尔都语诗体，其创新的“三行诗”，全诗三行，前两行为一节，对具体情景进行描述，第三行则是对主题的提升和升华，具有点睛之效。古勒扎尔的诗歌感情真挚、语言朴素。他不用华丽的辞藻和繁复的修辞，也很少引用恢宏经典，运用晦涩意象。他擅长用简单的词汇、普通的意象和生活化的场景，真实还原其对人生和社会的观察和体会，表达对生活和生命中所蕴涵哲理的思考。其诗歌题材和内容不仅具有明显的印度特色，更表达了人类的共性，能够跨越地域及国别的藩篱，引起全世界读者的共鸣。

本书中收录的 12 篇短篇小说经典作品选译自古勒扎尔荣获印度文学院奖的乌尔都语短篇小说集《烟》（*Dhuan*，1997），涵盖了作家不同时期创作的短篇小说。这些小说题材丰富，描写对象广泛，侧重点各有不同，反映了印度不同时期典型的社会现象与社会问题，涉及印巴分治与印穆冲突、女性社会地位、下层小人物的个性与生活等题材，是帮助读者了解印度社会的多面镜。古勒扎尔的短篇小说多具有独特的开篇与出人意料的结局，擅长运用倒叙与插叙相结合的方式推动情节发展，无论在情节安排还是语言特点上都具有鲜明特色，极具阅读趣味。

本书诗歌译者为张亚冰，短篇小说译者为李宝龙。为求尽量准确、完整地还原作家的创作内容和语言特色，译者在文本翻译中参考了大量文献资料，多次与乌尔都语专家学者研究探讨，希望能为中国读者认识、靠近并理解印度乌尔都语文学贡献绵薄之力。本书在翻译和审校过程中得到多位专家学者的帮助和建议，在此致以衷心的感谢。译文中或有欠妥之处，敬请读者批评指正。

希望古勒扎尔平和的心态、优美的语言和睿智的哲理能带给读者平静、愉悦与深思。

您之所悟，吾之所幸。

译者

2019 年 7 月

附录：关于古勒扎尔及其创作

古勒扎尔是印度当代乌尔都语和印地语诗人、短篇小说家、词作家、剧作家和电影电视导演。他多以乌尔都语进行创作，也被认为是站在乌尔都语和印地语交汇处的作家代表，即用二者的混合语——印度斯坦语[①]进行创作的作家。

古勒扎尔 1934 年 8 月 18 日[②]出生于英属印度旁遮普省（Punjab, British India）杰赫勒姆地区（Jhelum District）迪纳市（Dina）[③]一个锡克教商人家庭，本名森布尔纳·辛格·卡勒拉（Sampooran Singh Kalra），古勒扎尔为其笔名。其父在迪纳和德里开设纺织品商铺，常年奔波两地。由于生母早逝，他自幼与继母和兄弟姐妹一起生活。19 世纪 40 年代初，古勒扎尔随父迁居德里并接受中学教育，在此期间阅读了大量乌尔都语文学作品，从侦探小说到乌尔都语译本《园

---

① 印度斯坦语（Hindustani），又称印度语，是乌尔都语与印地语的合称，使用人口超过 5 亿，被认为是世界第二大语言。印度学者多认为乌尔都语与印地语本质上为一种语言，二者语法结构基本一致，但使用不同字体，部分词汇来源有差异。古勒扎尔的创作语言具有乌尔都语和印地语词汇相交织的特点，故被认为是印度斯坦语。

② 据古勒扎尔本人回忆出生于 1934 年，也有人认为是 1936 年。

③ 今属巴基斯坦旁遮普省，位于杰赫勒姆市西北约 16 公里。

丁集》(*Gardener*)[①] 等，涉猎文学体裁广泛，激发了他对乌尔都语文学创作的浓厚兴趣，由此开始尝试诗歌和小说创作。

1947 年印巴分治后，其父在迪纳所置的房屋与店铺被毁，全家被迫迁居德里。1950 年古勒扎尔考入圣·史蒂芬学院（St. Stephen' s College）预科，被父亲送往孟买同哥哥一起生活。由于并非自愿来到孟买，古勒扎尔一开始难以适应周围环境，便通过写作抒发内心苦闷和情感，开始在乌尔都语刊物发表诗歌。此后他进入卡尔萨学院（Khalsa College）学习会计，出于对文学的挚爱，一年后转至国立学院（National College）继续学习乌尔都语文学。

就学期间，古勒扎尔始终坚持进行文学创作，但家人希望其参军或从事稳定、受人尊敬的工作，他的文学创作一度受到家人，尤其是兄长的强烈反对。为避免与兄长的矛盾进一步激化，专心从事文学创作，古勒扎尔最终放弃即将完成的学业，搬离哥哥家，来到孟买市中心的一家汽车修理行工作。其间，结识戴布·森[②]，并和其一同搬入克里山·钱达尔[③] 的出租屋合住。合租生活帮助他结识了许多知名的文学、文艺界人士。在这些人的影响和帮助下，古勒扎尔先后加入了印度进步作家协会（Indian Progressive Writers Association）、旁遮普文学协会（Punjabi Sahitya Sabha）和印度人民戏剧协会（Indian People' s Theatre Association）等文学组织。此后他笔耕不辍，创作了大量具有时代烙印及社会影响力的脍炙人口的文学作品，出版 12 部诗集、2 部短篇小说集。其乌尔都语短篇小

① 印度诗人拉宾德拉纳特·泰戈尔（Rabindranath Tagore，1861~1941）的一部关于爱情与人生的英文抒情诗集，初版于 1913 年。泰戈尔为印度著名文学家、社会活动家、教育家、哲学家，1913 年以英文诗集《吉檀迦利》(Gitanjali）获诺贝尔文学奖。

② 戴布·森（Debu Sen），后成为印度著名导演比玛尔·拉伊（Bimal Roy）的助理。

③ 克里山·钱达尔（Krishan Chander，1914~1977），印度乌尔都语作家，曾任印度进步作家协会总书记，被誉为“印度短篇小说之王”。

说集《烟》(*Dhuan*)于2002年获印度文学院奖。2004年因其在文学领域的杰出成就，被印度政府授予第三级公民荣誉勋章(Padma Bhushan)。

古勒扎尔在印度电影界也是传奇人物。早在20世纪60年代初，他开始使用古勒扎尔·丁维(Gulzar Deenvi)的笔名为电影歌曲作词，同时创作剧本、导演电影，先后创作电影歌曲200余首、剧本60余部，导演电影作品17部。截至2019年，他12次获得印度电影观众奖·最佳作词人奖(Filmfare Awards for Best Lyricist)，4次获印度电影观众奖·最佳对白奖(Filmfare Award for Best Dialogue)。2008年，他与阿拉·勒卡·拉赫曼(Allah Rakha Rahman)共同创作的歌曲《胜利》(*Jai ho*)获得奥斯卡金像奖·最佳原创歌曲奖(Academy Award for Best Original Song)。2002年古勒扎尔被授予印度电影终身成就奖(Lifetime Achievement Award)，2014年4月被授予印度电影最高奖——巴尔吉奖(Dadasaheb Phalke Award)。

一、古勒扎尔的诗歌创作

诗歌一直是古勒扎尔创作的热情所在，"诗歌不仅是，而且永远是我最真的激情。在诗歌中，我找寻到了真正的意义。它帮助我度过了人生的混乱时期。诗歌就是我的生命线。"[①] 古勒扎尔对诗歌的热爱和他拥有的创作天赋从学生时代便开始显现。他广泛阅读了乌尔都语文学作品，背诵了大量乌尔都语经典诗歌，受到米尔扎·伽立布[②]、

① 转引自：Ashok K. Choudhury, "The Poetic Luster in Gulzar's Pen", The Radical Humanist, August 2009, p30.

② 米尔扎·伽立布(Mirza Ghalib, 1797~1869)，乌尔都语、波斯语诗人，被誉为"抒情诗大师"。

米尔·德基·米尔[①]等著名诗人及泰戈尔等文学巨匠作品的影响，不断从中汲取创作的灵感，学习创作技巧。他积极参与印度进步文学运动，结识多位文学界同道中人，其中克里山·钱达尔和艾哈迈德·纳迪姆·卡斯米[②]等南亚次大陆作家对其创作都有直接和重要的影响。

古勒扎尔的诗歌创作始于20世纪40年代，起初主要是在乌尔都语报刊的文学专栏上零星发表，1962年出版首部诗集《一滴月》（*Ek Boond Chaand*）。目前已出版的12部诗集中，包括《黄宝石的月亮》（*Chand Pukhraaj ka*，1996）、《羊绒披肩的夜晚》（*Raat Pashminey ki*，2002）、《十五、五、七十五》（*Pandrah Paanch Pachattar*，2010）等，还有以意象或诗体进行分类、整理出版的诗集《夜晚、月亮和我》（*Raat Chaand Aur Mein*），以及英文译集《古勒扎尔诗歌选》（*Selected poems*：*Gulzar*，2012）、《古勒扎尔被忽略的诗歌集》（*Neglected Poems*：*Gulzar*，2013）和《古勒扎尔：冥王星诗歌》（*Gulzar*：*Pluto Poems*，2015）等。

古勒扎尔的诗歌创作主要集中在抒情诗（Ghazal）、叙事诗（Nazam）和三行诗（Triveni）三种诗体。

抒情诗是乌尔都语文学借鉴波斯诗歌形式后自我发展的重要诗歌形式之一，长于抒发情感、诉说思想、表现哲理。抒情诗对诗歌形式的要求十分严格。一般两句为一联，首联两句押同一尾韵重复词，全诗每联的下句也要押同一尾韵重复词，在尾联中要出现诗人的笔名。全诗内容可不连贯，每联诗自成独立单位，蕴含不同场景、抒发相应含义，但全诗格律要求严格统一。乌尔都语抒情诗的意象

---

① 米尔·德基·米尔（Mir Taqi Mir，1722~1810），乌尔都语诗人，被尊为“乌尔都语诗圣”。

② 艾哈迈德·纳迪姆·卡斯米（Ahmad Nadeem Qasmi，1916~2006），巴基斯坦乌尔都语诗人、小说作家。

或场景多取自大自然，并因袭诗歌文学传统。诗的主题可抒发爱情，也可阐述爱与美、生与死的苏非主义等。

古勒扎尔的抒情诗创作中有对乌尔都语抒情诗的经典主题如“爱而不得”和“痛失所爱”的哀怨：

疼痛轻微，呼吸沉重
生命仍将继续

你走后的每一刻
仍与你一同度过

也有表现求爱者的苦苦哀求和被爱者的冷酷无情：

每次都要忍耐
无数次如此

你习惯性承诺
我们习惯性相信

我们在你的路上
独自驻足等待

以及“如此的苦痛一次就已足够”的失落心情：

主啊，我们不再祈求生命
这样的苦难一次已足够

古勒扎尔在抒情诗中也表达了对故乡和过去美好时光的怀念。诗人的故乡是现巴基斯坦的迪纳，由于少小离乡，1947 年印巴分治后一直居住在印度孟买，与故乡迪纳相隔甚远，乡愁在其诗歌创作中成为重要的主题之一。诗人在《提到杰赫勒姆，念的是迪纳》的第一联就柔美地描绘了故乡的夜与月：

提到杰赫勒姆，念的是迪纳
黄宝石般璀璨的月，羊绒般温润的夜

诗人在抒情诗中憧憬过美好的事物情愫，感慨过时光生命的消失，揭露过社会现实的残酷，对人生充满了感悟和理解，在他的诗歌中，人往往是孤独、绝望和痛苦的，虽然也有欢乐的瞬间，但生命的本质仍是孤独：

人生如此 孤独前行
商队在畔 旅途独行

漫漫长夜 星空作伴
藉此消磨 几多孤单

独衾孤枕 形单影只
如此孤单 恍然一世

溺水之人 已达彼岸
孤独足迹 有谁得知

天青日白 离群索居

夜阑人静 独自入眠

曾几何时 期望远方

不知何往 何处孤单

与抒情诗相比，乌尔都语叙事诗对格律的要求相对宽松，全诗不必押同一尾音韵，但在内容上要保持情节的连贯和完整。传统意义上叙事诗擅长描绘和叙述，常用于创作英雄历险、恋爱传奇、史诗等富有浪漫主义性质的长诗。叙事诗不仅擅长描述具体人物和事件，更可用以抒发感情。20 世纪初，受西方文学思想的影响，叙事诗又演变出“自由诗”或称为“自由体叙事诗”，进一步降低了对格律的要求，甚至可以不押韵。古勒扎尔十分擅长叙事诗创作，他在诗中经常使用比喻、拟人、象征、通感等多种艺术手法，诗歌题材丰富，意义深入浅出。

古勒扎尔的叙事诗中不乏对爱情、亲情等美好感情的反映和赞美。《让我做这些小事吧》表达了对爱人的珍视和渴望，生动表现了对获得爱人青睐的期盼：

让我做这些小事吧

当垂在胸前的项链坠反了

让我用手

把它正过来

当耳环绞进凌乱的长发
笑着抱怨说
“哎呀好疼！帮我拿出来！”

当脚缠进长裤
当头巾被门勾住
一个眼神就够了

说声“请”当然好
只需要一个笑容
仅仅只是一个笑容

让我做这些小事吧！

《心在寻找》表达了对爱人的深深思念之情，此诗借鉴了乌尔都语抒情诗大师伽立布的诗歌“心在寻找那悠闲的日夜，那安坐思念爱人的时刻”中的场景有感而发，描绘了诗人心目中那些“思念爱人的悠闲的时刻”：

冬日，躺在微光中的庭院
眼前摇曳着你的衣影
时而远，时而近

抑或夏夜，东风袭来
在清凉雪白的被单上久久不眠

静赏洒落屋顶的星光

抑或冬夜，冰雪覆盖
独坐山间角落
聆听萦绕在山谷中的寂静

在叙事诗创作中，诗人更多地是分享对人生及社会的观察和思考，包括对童年、故乡的怀念，对逝去岁月的感怀，以及对社会变化的思考等。

《同伴》中，诗人回忆了家乡陪伴自己长大的一棵芒果树，从小时候在树上玩耍，一直到成家生子，芒果树自始至终为他和家人提供着烈日下的阴凉和美味的食物，然而最终被无情砍倒。诗人借对芒果树的怀念和依依不舍之情，表现了对故乡和过去美好时光的深切怀念：

看到转角处那棵老芒果树了吗?
我熟悉的相识数年的芒果树

小时候为了偷一个芒果
顺着矮墙爬到树上
不知是不是踩疼了哪根树枝
它一下子把我扔到树下
气得我用石头使劲砸它
结婚时它用树枝
为我和妻子举行仪式

妻子碧纳怀孕后，每天下午
它都献上新鲜的生芒果

随着时间流逝，它的叶子和花朵都掉光了
每当走过它身边，碧纳就会和小家伙儿说：
“看，你就是那棵树上结出的小果子。”

如今我走到它身旁转角的地方
它总咳着问我：“怎么头发都没了？”

早上委员会的人就要把它砍掉
我再也不敢走到那个转角

在《书》中，诗人描绘了电子时代对社会传统及习惯的冲击和改变。他将“书”拟人化，用“书”焦虑的目光反映人们放弃纸质阅读习惯，将此前珍视的书束之高阁，改为在电脑上享受快捷和便利的阅读体验的感受：

从前与书的亲密接触，已难觅踪影
时而躺着把它贴在胸膛
时而怀抱
时而端放于双膝
跪拜般阅读，用额头触碰

然而诗人没有局限于描绘阅读形式及习惯的改变，而是更进一步，表达了以往通过“书”构建的人与人之间交往和关系的变化：

书中知识将来总会遇到
但那些夹着的干花
芬芳四溢的便笺
藉由借书、还书之借口建立的缘分
它们将会如何？
可能永不再有！

诗人还常常感慨时间的无情流逝。诗歌《时间》（一）中，诗人精心描绘了太阳对世界造成的影响。太阳的升起带来了勃勃生机，它晒干了露珠，在树枝的身后留下了随其高度变化而不断改变的阴影，这些场景生动再现了时间走过的痕迹。诗人描述的对“太阳”的追赶暗指对永不停留、一去不复返的“时间”的追逐和挽留：

吓飞了小鸟
碾碎了草尖的露珠
折断了枝干的身影
在它们身后
不断升起的太阳——
我要追赶它
抓捕它
那带着我的每一天不停奔跑的太阳！

在表达对故土的怀念时，诗人多次对 1947 年印巴分治中的“人民大迁移”和“宗教屠杀”进行描述和反思，其间充斥的骨肉离散、血腥暴行、死亡恐惧，以及分治后在新国新家中人们的不安全感和迷茫感受都跃然纸上，藏痛于诗。

比如《小陀螺》描写了人们匆忙逃难的场景。妈妈带着家里所有值钱的东西，拉着“我”和妹妹要逃往边境的另一边。于是小小的“我”带着“宝贵的”陀螺玩具们一起离开家乡：

我把“小陀螺”和“大陀螺”
塞进灯笼裤里
深夜，我们逃离村庄
全是难民……

在逃难过程中，“我”的妈妈被残忍杀害，妹妹走失，“宝贵的”陀螺玩具也不知所踪。经历过如此血腥惨烈的场面，“我”瞬间成人，再不是那个纯真的小男孩了：

经过熊熊大火尖叫咆哮的森林
在滚滚浓烟中四散奔跑
谁残暴地撕扯开肚肠
眼睛怒视着
跑着跑着妈妈口吐鲜血
妹妹的小手不知何时不见了
就在那一天不见的还有我的童年
在边境寂静的沙漠中我总看到
“小陀螺”一直转着

“大陀螺”也不停地转着

诗人还关注了1992年的教派骚乱。叙事诗《这一幕》中，他将眼前的情景和过去相似的场景相对照，百年中的冲突和屠杀如史诗长卷般展开，时代前行，秩序改变，统治者更迭，而冲突中苦难民众的神情、愤怒和血泪却是如此的相似，宗教冲突的残酷性和普通人民对和平的向往在这种对照中骤然达到高潮：

曾见过这一幕！
军队四处集结
持枪瞄准着
人们群情激愤
仿佛1919年，阿姆利则
贾利安瓦拉公园的景象昨日重现①

亦或是1936年的拉合尔
独立运动的年度集会
这一幕是多么的似曾相识
人们的神情如此相似
那悲伤与愤怒之情
他们的时代，他们的情感
历历在目

① 阿姆利则贾利安瓦拉公园(Jallianwala Bagh, Amritsar)，位于印度旁遮普邦，因发生英国殖民者屠杀印度人民的“阿姆利则惨案”闻名。1919年4月13日，阿姆利则市万余印度人民举行反对英国殖民政府通过的“罗拉特法案”抗议集会，遭到英国驻军血腥屠杀，数百人丧生，千余人受伤。

也可能是1942年的阿拉哈巴德[1]
广场正中栅栏围成的圆岛里

军队四处集结
围成圈，持枪瞄准着
人们群情激愤
手握成拳坚定地挥舞着
人们同样手握旗杆
同样高呼口号
子弹同样呼啸
很多人同样倒下
路上同样流淌着鲜血
广场正中的铁栅栏里
原先英国人塑像的位置
现在耸立着甘地

但现在……
已经1992年了！[2]

诗人在诗歌《遗产》中进一步表达了对宗教冲突和教派仇杀的理解和认识。他认为宗教并不是每个人的自主选择，如同每个人的

---

① 阿拉哈巴德（Allahabad），印度北方邦（Uttar Pradesh）城市。

② 1992年12月6日，数千名印度教徒强行摧毁了印度北方邦阿约提亚（Ayodhya）巴布里清真寺（Babri Masjid），引发了全国范围的印穆冲突，导致1100多人死亡，4000多人受伤。

父母一般，是被动的继承关系，所以不应该被当成是划分文化、族群等的标准，更不应该成为人们仇恨的根源：

宗教并非个人意愿
而是父母的遗产

人怎可能选择自己的父母
祖国也是如此
故土也非个人意愿

新的才刚刚开始
宗派冲突便屠杀了一切……

而人与人之间的关系也是复杂纠结的。如《衣服》中的诗句：

人生该会多么简单
关系若如衣服
更换即可

诗人将人与人之间复杂的关系与衣服对比不同于衣服，如果破了、旧了、脏了或者无法清洗缝补，可以轻易丢掉换上新的，人与人间的关系如此复杂，相互交织，一旦发生问题就再也无法平整如新。

诗人也常审视自我，在诗中与自己的作品进行对话，以寻找自我认知和自我价值。叙事诗《对话》展现了诗人与自己诗歌进行面对面交谈的场景。诗人自信地认为诗歌是自己创造的，最后却惊讶地发现，也许是诗歌塑造了自己：

有时，我坐在自己诗歌的面前
围成半圆
我问它们
与诗人作伴感觉如何？
它们惶恐地看着我
问是它们创造了我？
还是我创造了它们？
我以为所有诗歌皆因我而存在
诗歌却认为是它们使我存在
我的外在由它们而生
我的脾性由它们所塑
……

《佝偻》则表现了诗歌在诗人人生中的重要意义。他认为诗歌能够分担其内心的压力和苦痛，他可通过诗歌疏解愤懑，实现倾诉的目的：

不堪漫长旅途的重担，已然佝偻
我喘着粗气，急速攀登
胸中憋闷，难以呼吸
仿佛就此窒息

我的一首小诗来到面前
对我说

抓住我的手，我的诗人
来，让我把你的重担卸下，放在我的肩上

古勒扎尔在诗歌中也解读了“诗人”的行为和心理特征：

那个诗人，冷漠生活
时而胡言乱语
时而不闻不问
如聋哑一般！
他收集着月亮的阴影
将潮湿的缕缕微光
捧在手心
如同夜晚的枯叶
在时间这繁茂的森林中
苟延残喘

“对，是那个”那个奇怪的诗人
夜半起身匍匐前行
要去亲吻月亮的脸庞！！

他从月亮上跌落而亡
人们都说他是自杀

在这首诗中，古勒扎尔描绘了“诗人”的特立独行。他生活在自己的世界中，内心执着地追逐着月亮，但现实中他不可能真的爬上月亮，所以很可能在幻觉中爬上了哪里的高处跌落而亡。由于人们无法理解“诗人”的行为，所以都以为他自杀了。

古勒扎尔还开创了一种新诗体——三行诗，并于2001年以《三行诗》为名出版了专题诗集，颇具可读性和鉴赏意义。三行诗顾名思义全诗仅三行，前两行为一联，主要对具体情景进行描述，第三行则是对主题的提炼。全诗可视作一联抒情诗，辅以一句点睛之笔作为全诗主题的归纳和升华，最后一句不但有指引主题方向的作用，有时也可制造反转的效果。正如诗人所言：“‘三行诗’……第一节诗如恒河和叶木拿河般相互交织，并完整地表达一个含义。但在其之下还隐隐流淌着另一条河流——萨拉斯瓦蒂河（Sarasvati Nadi）①。‘三行诗’的意义就是将萨拉斯瓦蒂河显现出来。也就是说，第三行诗句将诗歌隐藏的意义表达出来。”②

比如《不是我们在转，也不是路在转》：

不是我们在转，也不是路在转
时而下降，时而上升
我已低如尘埃，你缘何高高在上

诗人用现实中路的上上下下、起起伏伏来铺垫、对比人们心态的不同，构造巧妙，读起来十分有深意，尤其是在第三行明确点题后，一种拨云见日后的感觉回味悠长。

《日落》中：

日落，壁龛中燃起一张面孔

① 印度古代圣河，现已枯竭。
② 古勒扎尔：《三行诗》，鲁帕印德公司（Rupa Ind Company），2001年，前言。

火焰如新生的伤口般鲜红
燃烧的蜡烛上蜡油融化滚落

诗人描绘了太阳西下，壁龛中点燃着一支蜡烛，蜡烛的火焰映衬着注视壁龛的脸庞的场景。第三行中则细致展现了蜡烛燃烧融化滚落的这一幕，让人顿时联想到脸庞上的泪水，滚烫且痛苦。

《夜晚枝头上》：

昨夜，枝头上
熟透的月亮摇摇欲坠
待太阳出来，寻一寻她吧

作者用轻松、调皮的口吻描绘了一个美丽的月夜，充分发挥想象，把澄黄、滚圆的月亮想象成一颗熟透、就要从枝头掉落的果实，第三行又欢快地点出天亮后想去找寻这颗果实的心情，诗人的童心童趣跃然纸上。

《改变》：

曾经路过森林，盼望何时遇到居民区
如今在居民区看到几棵树，难掩失落
看到墙上的绿色才记起，曾经这里是森林

这首诗表达了对现在社会的反思和对过往的怀念。第一联诗结束时作者留下了悬念，当人们期待的居民区终得实现，走在其中为何不是欣喜之情，反而是失落与伤心。第三行诗句则给了读者答案，此时人们才明白自己如此怀念从前的森林。这首三行诗是对曾经绿色环境的追忆和过往想法的懊悔，也可以看作是对美好传统的怀念，对放弃和破坏传统的遗憾和愧疚。

“死亡”也是古勒扎尔创作中不可避免的主题：

怎能知晓何时何地邂逅死神

也罢，反正我害怕活着

何为死亡？总归要死的

古勒扎尔的诗歌，无论抒情诗、叙事诗还是三行诗，感情真挚、语言朴素，不使用华丽的辞藻和繁复的修辞，也很少引用恢宏经典、运用晦涩意象，作者更擅长运用简单的词汇、普通的意象和生活化的场景进行描写，真实还原对人生和社会的观察和体会，表达对生活和生命中所蕴涵哲理的思考。他的诗歌蕴含着强大的精神力量，其中有对人生和死亡的感悟，有爱意和情感的迸发，也有对自我经历、社会变迁的反思与理解。其诗歌中传统理念与现代意识并存，逻辑与情感并进。正如其笔名“古勒扎尔”所表达的“花园”之意，诗人一直在追求一种平静美好、繁花似锦的景象。也正因此，其诗歌意境纯净、平和，在动荡、纷杂的世界中犹如一股清流，让读者在看似平静的语言中体会到真实的人生百味，感受到复杂的社会百态，最终收获思考和感悟，得到安慰和平和，甚至切身感受到诗人隐藏在平静之下掷地有声、铿锵有力的呐喊，激发出无尽的潜能和力量。

二、古勒扎尔的短篇小说创作

古勒扎尔于 1948 年前后开始创作短篇小说，目前已发表 3 部短篇小说集，其中包括 1 部短篇小说翻译集。1997 年，其首部乌尔都语短篇小说集——《烟》出版，并于 2002 年获得印度文学院奖，其短篇小说开始受到广泛关注。该小说集收录了他不同时期创作的短篇小说，题材丰富，描写对象广泛，各篇侧重点都有不同，多反映印度不同时期的社会现象与社会问题。其早期创作的多为浪漫主义色彩的爱情题材小说，后期则开始趋向于现实主义创作，涉及印巴分治与印穆冲突、女性的社会地位、下层小人物的个性与生活等题材。正如乌尔都语文学评论家高比·昌德·纳兰格所言："《烟》中的故事是一本书写人生的书目，没有哪篇小说是另一篇的仿写或复制……每读一篇小说，生活阅历及视野都会随之变化，变得越发广阔。"[①] 其短篇小说题材广泛，创作技巧成熟，语言特色鲜明，在印度当代乌尔都语文学中极具代表性。

古勒扎尔创作的多数短篇小说都具备针砭时弊与反映民生的文学影响力，尤其是表现宗教冲突、女性地位等题材作品。在宗教冲突的题材中，古勒扎尔作为印穆冲突和印巴分治的见证者与亲历者，以独特的视角记录了印穆冲突，尤其是印巴分治，给南亚次大陆人民带来的无尽痛苦。其中重点篇目有《烟》(*Dhuan*)、《恐惧》(*Kauf*)、《穿越拉维河》(*Raavi par*) 与《分离》(*Taqasim*) 等。《烟》通过讲述地区穆斯林领袖乔特里家人料理其后事的故事，表达了印穆教义的相悖和冲突，展现出印穆之间矛盾的不可调和性。《穿越拉维河》则描述了印巴分治后一家人由巴基斯坦迁往印度途中发生的苦难悲剧，展示了分治给印度次大陆人民生活造成的千疮百孔般的痛苦和折磨。

女性形象题材中，古勒扎尔主要关注了女性感情生活、地位与教育等视点，塑造了大量不同阶层、不同性格与内涵的女性形象，

① 古勒扎尔：《烟》，印度文学院，2004 年，序言。

集中反映了印度女性社会及家庭地位低下，缺乏自主意识和独立能力等现实问题，揭露了女性在社会中面临的种种不公待遇和遭遇的苦难。其中比较重要的篇目有《纸帽》（*Kagaz ki topi*）、《把她嫁出去》（*Haath peeley kar do*）、《德里亚》（*Dalia*）、《好买卖》（*Hisab Kitab*）和《男人》（*Mard*）等。《纸帽》和《把她嫁出去》讲述了少男少女之间懵懵懂懂的爱情故事，记录下他们在寻爱途中，或因各自不成熟的心智与强烈的自尊心，或因客观现实情况擦肩而过，展现出印度女性在感情生活中受到的压抑和羁绊，以及缺乏恋爱权利等现实问题。《好买卖》与《男人》则将重点放在女性的社会与家庭地位上，通过不同背景女性的个案反映出印度女性群体在社会、家庭中所处的极其卑微和低下的地位。

此外还有描写社会底层民众，自身宗教哲学思想等。《半人》（*Addha*）将焦点设定在社会底层不被人重视的“小人物”身上，通过描写特定背景下人际关系的冷漠，使用对比的方法突出“小人物”人性中的“大品质”，表达作者对人性真善美的向往和追求。《但是》（*Lekin*）通过“我”的经历表达了作者对吉杜·克里希那穆提宗教思想的认可，宣传了“生死均为摩耶”[①]的思想。

从艺术特色来讲，古勒扎尔的短篇小说无论是在情节安排还是语言特点上都特色鲜明。从情节安排上看，其多数短篇小说具有特别的开篇与出人意料的结局。古勒扎尔习惯在小说开头就直接进入高潮部分，紧接着使用倒叙与插叙相结合的方式讲述故事。开篇的疑惑与结局的意外使其小说极具阅读趣味。此外，随着近代短篇小说虚构论的产生与发展，古勒扎尔小说中真实情节的运用也使他有别于其他作家，具有自己独特的创作特色。印度国家文学院因此对

① 即“虚幻”。

《烟》做出极高评价，肯定了古勒扎尔短篇小说创作的高超技巧，并授予其印度文学院奖。就创作语言而言，古勒扎尔身为锡克教徒，加之其幼年迁居印度孟买。其乌尔都语在很大程度上受到了梵语影响，凸显出典型的“印度化”特点，这也使其有别于传统的穆斯林乌尔都语作家。

最后值得一提的是，古勒扎尔文学创作的一大特点是注重场景感，经常着墨于对场景的描写和重现。这种“视觉化”的创作手法一定程度上受到了其影视工作和创作经历的影响。他擅长利用印度本土特有的物品、生活方式、习俗等小细节，重现生动的场景，塑造逼真的人物形象、真切实在的画面。诗人将影视拍摄时所使用的“特写”和“长镜头”等效果运用到诗歌创作中，使情景的铺设和人物的动作完美地衔接和映衬，使作品中情景展现得更加生动，独具画面感。

译名对照

A

阿赫默德·纳迪姆·卡斯米 Ahmad Nadeem Qasmi

阿姆利则 Amritsar

阿尼尔·库马尔·珍多巴特亚伊 Anil Kumar Chdopadhyae

阿莫 Amol

阿努 Anu

安拉阿巴德 Allahabad

B

巴赫西 Bahashi

薄伽梵歌 Bhagavatgita

皮古 Bheeku

本纳 Panna

本维尔 Panvel

比鲁 Biru

比申达斯 Bishandas

碧纳 Bina

C

民用供应 Civil Supplies

D

丹德夫特 Dandavate

达拉 Dara

打嘎儿 Gilli-Danda

大吉岭 Darjling

戴夫拉吉 Devaraj

德尔申 · 辛格 Darshan Singh

德拉敦 Dahrhdun

德里 Dehli

迪纳 Dina

迪纳 · 纳特 Dina Nath

F

法泰赫普尔西克里 Fatehpur Sikri

费兹 Faiz

G

盖什瓦尼 Keshvani

甘地 Ghandi

格兰特 Granth

公共餐堂 Langar

《古兰经》Quran

古蒂 Guddi

古垛 Guddo

古杰兰瓦拉 Gujranvala

古勒扎尔 Gulzar

H

海萝 Hairo

赫尔帕金 Harbhajan

哈都 Khadu

海拉巴德 Khairabad

海鲁丁 Khairudin

赫尔根贾 Heraganj

黑天 Krishna

I

伊克巴尔 Iqbal

J

基督·克里希那穆提 Jiddu Krishnamurti

贾格迪什 Jagadish

贾利安瓦拉公园 Jallianwala Bagh

伽布 Kappu

伽立布 Ghalib

伽鲁 Kallu

杰赫勒姆 Jhelum

K

卡夫卡 Kafka

坎普尔 Kanpur

康姐 Kanta

克里山·钱达尔 Krishan Chander

克里希那穆提 Krishna Murti

克希达 Ghsida

L

拉合尔 Lahore

拉金德尔·辛格·贝迪 Rajinder Singh Bedi

拉姆·库马尔 Ram Kumar

拉姆·钱达尔·潘迪特 Ram Chandar Pandit

拉姆纳特 Ram Nath

拉齐 Lachi

拉维河 Ravi

拉朱 Raju

莱拉 Laila

莱亚尔普尔 Layalpur

乐达 Lata

勒玛 Rama

勒曼·库马尔 Raman Kumar

勒穆扎 Ramaza

罗基 Looci

罗陀 Radha

罗陀·格姆拉妮 Radha Kamulani

M

马德拉斯 Madras

玛尔媞 Malti

玛涛 Madho

孟买 Mumbai

米尔 Mir

穆尼 Muni

N

尼勒杰 Neeraj

P

潘杰姆 Pancham

普勒卡什 Parakash

普勒米拉 Paramilla

帕莱格尔 Palekar

Q

恰特 Chaat

乔特拉因 Chaudharain

乔特里 Chaudhari

切德尔普尔 Chatarpur

R

日落大道 Sunset Boulevard

S

萨达特·哈桑·明都 Sadat Hasan Manto

萨伊·帕兰杰佩 Sai Paranjpe

萨蒂亚 Satiya

萨尔达尔 Saradar

萨赫尼 Sahni

萨特 Sartre

桑格拉提 Sankranti

瑟尔文・库马尔 Saravan Kumar

沙・贾汗 Shah Jehan

沙米尔・辛格 Shamir Singh

邵帕 Shaubha

什亚姆 Shayam

什亚姆・昌德・戴夫拉吉 Shayam Chanda Devaraj

十车王 Dashrath

苏努 Sunu

娑娜 Sona

T

提拉克 Tilak

W

瓦格赫 Wagah

乌兰 Udan

乌帕鲁里・高帕尔・克里希那穆提 Uppaluri Gopala Krishnamurti

乌霞 Usha

X

茜拉 Shila

Y

叶木拿河 Yamana

伊尔亚斯 Illyas

Z

珠瑚海滩 Juhu